雨とカラス

澤西祐典

雨とカラス　＊　目次

雨とカラス

序

無人島だと思われていたメラネシアのある小島で、二十代半ばと見られる一人の男が救出された。男の腹は真一文字に裂けており、その脇には朽ちかけた日本刀が落ちていたという。

なぜ男はこのような島におり、腹を裂いて横たわっていたのか。男を発見した人たちは不思議に思ったが、ともかくも、最寄りの島の病院へ彼を運び入れた。男にまつわる謎は、彼が意識を取り戻しさえすれば容易に解けるものと思われたが、事態はそれほど単純には進まなかった。目覚めた男はひどく怯えており、その上、現地の人間とは異なる言語を話したため、意思の疎通すらままならなかった。行方不明者のリストにも男と一致する人物はおらず、男の身元は謎に包まれたままだった。

しばらくして、男の所持品と思しき道具が無人島の中で発見され、新たな謎を呼んだ。それらは道具と呼ぶのがためらわれるほど古びたガラクタばかりだったが、高齢の島民は半世紀以上前に同じものを目にしたことがあった。彼らがまだ若かりし頃、第二次世界大戦中に旧日本軍が所持していたものに違いなかった。長い歳月が経過していたため劣化こそひどかったが、それらはまだ十分に当時の面影を留めていた。男がどのようにして旧日本軍の支給品を入手し、なぜ保持していたのか。謎は深まるばかりだった。

男の話す言語が日本語らしいこともわかってきたが、言葉づかいがたどたどしく、情報のやり取りは満足にできなかった。それでも少しずつ男の身元が明らかになってくる。名は望月タダシ。苗字は発見された鞄から、名は当人から知れた。本人の話によると、男は生まれた島から一歩も外へ出たことがないらしい。それだけでも十分、驚嘆に値したが、男の出自はさらに人々の興味を引いた。

どうやら男は無人島に生き延びた旧日本軍残兵と、従軍看護婦の孫らしいのだ。彼の祖父と祖母は、孤立した島で生活しながら家庭を育み、子孫をもうけたらしい。

にわかには信じがたい話だったが、島の状況はそれが事実だと示唆していた。生活をしていた痕跡(こんせき)のある洞窟、島で見つかった複数の遺体、旧日本軍の支給品らしき道具など、一つ一つ精査に検証すればするほど、男の話は真実味を増していった。

この事実は、瞬く間に世界各国へ伝わった。当然ながら、とりわけ日本では大々的に取り上げられた。事実確認とさらなる情報を求めて現地に向かうジャーナリストの一群がある一方、すでに判っている数少ない事柄から、メディアは好き勝手にあれこれと憶測を述べた。それに煽られて、世間も勝手気ままに騒ぐ。

男の祖父はどの部隊に属し、どの海戦に身を投じたのか、はたまた、どのようにして男の家族らは今まで生き延びてきたのか、そしてなぜこれまで発見されなかったのか。話題は尽きるところを知らなかった。だが何といっても、人々の関心を最も集めたのは、男が日本刀で自らの腹を裂いたらしいことだった。情報の少なさが、人々の好奇心をよりいっそう掻き立てた。もちろん、伝えられている情報の真偽それ自体に疑問を呈する声もあった。

ただ、日本中の視線が今や、メラネシアの小国にいる、このたった一人の男に注がれていることだけはたしかだった。信頼のおける情報源からの更なる報告を、誰もが待ち望んでいた。

現地は、報道関係者で溢れ返っていた。病院の記者会見を翌日に控え、雨の中、泊まるところのない者も出はじめたが、押し寄せてくる記者は増える一方だった。

その中に、一人の若者がいた。二十代後半、あるいは三十代前半と思しきこの若者は、その顔にまだ青年らしさを残していた。多くの先輩記者たちがこの出来事に対する見解を述べ合う中、彼は自らの意見をあまり語らなかった。

ある記者は、この事件全体が虚構だと断言した。立法が取り沙汰されているある法案が絡んでいるに違いないという者もいた。また中には、旧日本軍を糾弾する者もいた。しかし、その誰もが戦争を体験していない世代の人間だった。彼らはメディアを通して得た知識を、あたかも自分で見てきたかのように話した。

若者は、黙ってそれらを聞いていた。議論に加わる気はさらさらなかった。非戦争世代である自分が、面白おかしく話題にできる類の話ではないと考えていた。軽々しく口にする神経を疑ったし、また口にしたところで何一つ中身が伴わない気がした。事実、彼の脇で盛り上がっている記者たちの発言には、切迫したものは何も感じられなかった。

何よりもまず事実を正しく知るべきだと若者は考えていた。当事者が実際何を見、何を感じたのか、それを知りたいと思っていた。起こったことや、起こっていることに真摯(しんし)に向き合いたかった。そうすることで、ようやくその先へいけると思っていた。

——それに、男が発見されたときの状況ってのが、また不自然だろ。

多くの記者がしたり顔でそう語るたび、若者は不愉快に感じた。

公にこそ報道されていなかったが、ある筋からの情報によると、男はきわめて奇妙な状況下で発見された。

血にまみれた彼のすぐそばの洞窟に、もう一人別の男性が倒れていたという。発見時にはすでにこと切れていたものの、遺体はまだ真新しかった。男性の体は病魔に冒されていたが、直接の死因は殴打に拠るものらしく、手には大きな石が握られていた。

加えて、死体のそばに一枚の木板が落ちていた。そこには旧日本軍の負の遺産と言われる「戦陣訓」の一節が書きつけられていたという。

自殺を図ったらしいことが、このことと結び付けられた。

――生きて虜囚の辱めを受けず。

あの一文が、人々の脳裏をよぎった。全てが恐ろしく整い過ぎていた。

それでも記者の若者は、男の半生を面白半分で取り上げるつもりはなかった。彼は、「望月タダシ」がどのような人生を送り、どのようにして発見時の状況に陥ったのかを正しく知りたかった。少なくともその一端が、明朝の記者会見で明らかになる。若者はじっと待った。

どんよりとした絡みつくような暑さが島全体を包み込んでいる。雨は一向にやむ気配がない。

1

ファレノプシスの淡い紫の花が幾輪も連なり、高木の幹から咲きこぼれるようにして、鬱蒼とした木陰に、あやしくも美しい色を落としている。その艶やかな姿は、まとわりつく暑さとはまるで無縁のようだった。

タダシはその紫の花々が咲き乱れるころ、この世に産声をあげた。容赦なく照りつける太陽が、彼を祝福し迎え入れてくれた。初めて触れる世界のなかで、雨季の到来を告げる湿った空気を吸い込み、タダシはわけもわからず泣きあげた。

花の季節になると毎年、母はファレノプシスの冠をつくって、そっと頭にのせてくれた。かがむ母のたおやかな髪の匂いとファレノプシスの蜜の香が混じって鼻先に届く。それを嗅ぐと、タダシは不思議な高揚感に包まれる。そこに母の愛があるとしっかり感じることができた。年を重ねるごとに、その意味は大きくなった。とりわけ、弟が生まれてからはいっそう花の季節が待ち遠しくなった。

母は、祖父らの目を盗むようにしてタダシを連れ出し、ファレノプシスの園でタダシの成長を祝ってくれた。それは、二人だけの秘密の約束事だった。幼いタダシにとって、その秘めごとは何よりも嬉しく、心弾むものだった。

母との優しい思い出は、彼の体が逞しさをそなえてからも大切に、そっと胸の奥にしまわれていた。

＊

どっ、と砂塵が舞う。舌に砂がざらつき、視界が涙でにじむ。

タダシの幼い体は突如、砂浜に叩き付けられた。背後からの不意の一撃に、反応することもできず、砂を巻き上げながら倒れ込む。

陸まで上がってきていた海がめを追いかけるあまり、来てはならないときつく言われていた海岸沿いまで来てしまったことに、ちかちかする視界が祖父の背を捕らえた瞬間、ようやく思い及ぶ。

――怒られる、
体がこわばり、殴打されるのを覚悟する。

けれども、頭を抱えてしゃがみ込むタダシに、祖父は一向構う気配がない。その大きな背中は、逃れようと必死にじたばたする海がめと格闘していた。抱きかかえられた海がめの手足が、祖父の背中から生（は）えてもがいている。

日が暮れてから、海がめは夕飯へと姿を変えた。タダシたちは、密林の奥の方で、人目を忍ぶようにひっそりと食事をするのが常だった。その日も火をできるだけ落としながら、ご馳走ともいえる海がめのスープをたいらげた。

家族全員が満足ゆくまで食べられるのは、ごくまれなことだった。祖父が見せた、浜辺での必死の様子はそのためである。その日、タダシは久々に心ゆくまでたらふく食べることができた。

ヤシの葉で小突いて戯れた海がめは、彼の血となり肉となった。同じようにしてすべての自然が、タダシの血肉となって彼の体を育んでいった。灼熱（しゃくねつ）を吸い込んだココナツの実も、水を気持ちよさそうに浴びながら、背びれに幾つもの小さな太陽を背負っている魚たちも、果ては森林を駆けめぐる大ネズミまで、タダシはその身に授かってきた。

そうして、じりじりと照る太陽は、タダシの体が要するものを育み、さらには彼の体をも力強く育んでいった。

＊

オオトカゲのつぶらな二つの瞳が、舐めまわすようにタダシを見つめていた。太陽の熱射を受けたその表皮には、黄色の斑ぶちが汗疹のようについている。

タダシは、そいつに見覚えがあった。出くわすと逃げるように身を隠すオオトカゲのなかで、この一匹だけが好んでタダシらの住まい近くまで寄って来、ふてぶてしくもその腹を見せつけてくるのだ。そのくせこちらから近寄ると、すぐに二、三歩後ずさりする。

今日も物見遊山を決め込んだように、蔓の絡みついた枝にまたがってタダシの小さな体を見つめている。その黄色いぶちが周囲の枝葉から浮いていやに目に付いた。二股に分かれた舌が、小馬鹿にしたように、口先から出入りする。

——捕まえてやる、

タダシは地を駆った。そこには、うまく捕って食べてやろうという魂胆があった。近ごろでは、幼いタダシにも何か食糧を取ってくることが期待されていた。

オオトカゲは驚いたように身をひるがえす。するんするんと枝から枝へ伝ってゆく。負けじとタダシも後を追う。じりじりと焼きつける太陽の破片が樹々のすき間からこぼれ落ちるなか、オオトカゲは器用に逃げ、タダシも巧みに追いかけた。オオトカゲが飛び移るたびに、樹々がしなってざわめく。タダシの弾むような肌が、汗で日の光を反射する。

　黄色い斑ぶち目掛けて投げた石が、幹にはね返ってむなしく地に落ちた。皮のはげたところから樹の明るい色が覗いている。今度は枝を拾い上げて突こうとする。オオトカゲが体をうねらせて上手くかわす。石も棒もなかなか当たらなかったが、それでもタダシは無我夢中になってオオトカゲを追いかけた。

　ふと気が付くと、タダシとオオトカゲはいつのまにか海岸線へ出ていた。そこは島の反対側の砂浜と違い、切り立った岸壁になっている。

　岩にへばりつきながら、オオトカゲは静かに腹を起伏させていた。日を背に回して、詰め寄るタダシの方を見ている。光のなかで二つの目があざ笑うかのようにぎょろぎょろと動く。次の瞬間、ぼちゃんという音と共に、オオトカゲの姿は水のなかに沈んでしまった。

　海岸まで駆け寄ったタダシの目に、波に打たれて気持ちよさそうに浮き沈みするオオトカゲが映った。

　その日、タダシは手ぶらで帰っていった。しかしその小さな胸は、たしかな充足感に満たされていた。

＊

青々とした茂みがガサガサっと音を立てた。そのなかから、オオトカゲが斑ぶちの顔を覗かせると、タダシは食べかけていた果実を手にしたまま、走り出していた。

――いつも通りの一日が始まる。

オオトカゲの方では、そう思ったことであろう。タダシとオオトカゲの追いかけっこは、乾季の間ほとんどずっと続いた。毎日飽きることなくタダシは黄色の斑ぶちを追いかけた。そのうちにタダシの小さい体は幼さを脱ぎ捨てはじめ、身のこなしにも自然と無駄が無くなっていった。しかし、それでもオオトカゲを捕まえるにはいたらず、決まって最後にはオオトカゲが海に飛び込み、逃げおおせてみせた。

――今日こそは、

いつもと同じ言葉がタダシの胸にきざした。だが、意気込み方がいつもとは少し違う。タダシには一つの術策(じゅっさく)があったのだ。

さんざん駆けまわった挙句(あげく)、オオトカゲはどぼんっと音を立てて、海に身を沈めた。さも得意げに海から頭を突き出す。表皮は海の水で気持ちよさそうに潤っている。日暮れまでには、まだたっぷりと時間が残っていた。

いつものごとく逃げおおせたことに気を良くしてか、オオトカゲは優雅に海を泳いでいる。しかしタダシにとっては、まさにこの時からが勝負だった。いつもならすぐにあきらめて引き返すタダシが、今日は違った。浜に上陸しようとするのを、先回り、先回りして阻(はば)み、オオトカゲが泳ぎつかれるのを待った。

降りそそぐ太陽とその反射にじりじりと体力を奪われながらも、タダシは辛抱強く待った。突如降り出したスコールに打たれながらも、オオトカゲの上陸を阻みつづけた。体が冷えて、どっと疲れが押し寄せる。水かさは上がり、波は荒だっていた。

懇願するような瞳が、じっとタダシを見つめている。タダシとの距離が離れては近づき、近づいては離れた。雨を放ち終わった空は、夕焼け色に染まっている。焦れるように夕日が沈んでいく。

そしてついにオオトカゲは音をあげ、浜辺に打ち上げられた。タダシの手のなかに収まったオオトカゲは、その目に黒い瞼を重ねたまま、寸分も動かなかった。歓喜の波がタダシの胸に押し寄せ、しばらく去ることはなかった。

*

そのころタダシは何の疑いもなく、島での暮らしを享受していた。

陽気な声がはしゃぐ。二人の妹はお互いにくすぐりあって、なかなか寝付こうとしない。ハンモックから見上げた夜空に、無数の星が瞬いている。

雨の心配がなければ、夜風に涼みながら寝ることができた。祖父と父、母、タダシのハンモックが一つずつ、それに妹らが一緒に寝るハンモックが一つ、少し開けた場所に吊るされている。双子の妹は、いつも遅くまでいたずらしあっていた。そのくせ、別々に寝かせると寂しがって駄々をこねた。父と母が大人しく寝るよう言いきかせる。

二人はもう言葉を話してもおかしくない年ごろなのに、口を嬉しそうに開けたまま、よだれを垂らしてばかりいた。父と母の話を大人しく聞いてはいるが、彼らが目を離すとまたすぐにはしゃぎはじめる。祖父や両親はずいぶんと手を焼いていた。

けれども、妹らの戯れる声がタダシには気にならなかった。その無邪気さに触れると、心が弾んだ。誰もかまっていないときは、進んで相手をしてやる。自然、二人もタダシによく懐いていた。

普段ならはしゃぎ疲れて寝付くのだが、今日は特に遅くまでくすぐりあっていた。苛立ちのあまり祖父が起き上がった。大声で怒鳴る。むしろ、祖父の声の方にタダシは不快感を覚えた。妹らは怒鳴る祖父を見て、きゃっきゃっと笑う。その声を聞いてほっとする。

祖父がきびすを返した。洞窟の方で寝ると父らに告げている。雨が降るときに使う洞窟へと祖父は向かうのだ。心が軽くなるのがわかる。祖父が脇を掠めていく。

ふぅ、とタダシが息を吐いた途端、祖父の独り言が不穏にこぼれ落ちる。

——ハクチかもしれん。

意味はわからなかったが、祖父が呟いた言葉はタダシの小さな胸を刺した。

煌めく星の下に、底抜けに明るい笑い声が響いていた。

*

ナンカの実の甘い匂いが辺りに広がっている。切り割けられ、房から採られた実が、母の手によって一つ、一つ並べられていく。変わらず照りつける太陽が水分を数日にわたって奪いつづけて、ナンカは非常食に姿を変える。

並べられた実の一つをつまみ食いすると、タダシの渇いた喉にみずみずしさが広がっていった。少し離れたところで何やら父と相談していた祖父が、蝿を払っていた母に話しかける。祖父の顔は、太陽に背を向けているためか、黒いしわのかたまりのように見えた。

——七人ではもう手狭じゃ。雨季が来る前に洞窟を広げてしまおう。

黒い口元は、もぞもぞと動いてそう言った。大きくなったお腹を抱えた母は、嬉しそうに微笑みを浮かべて小さくあごを引いた。祖父の黒い影の首から先がくいっと動いて、タダシについてくるよう促した。タダシは黙ってその影に従った。

洞窟を広げる作業は、祖父が仕切る形で進んだ。炎天下を避けて、仕事は主に、朝の早いうちとスコールが去ったあとになされた。

作業の間中、ザッ、ザッ、という音がした。レモンチンの木べらが土を掘り出す音である。タダシはその音が好きだった。体を上手く動かせば動かすほど、きれいな音が返ってきた。パゴの木で、新たな屋台骨を作ったりもしたが、作業のほとんどは、土を掘り出して運び出すことの反復だった。五日も使うと駄目になってしまう木べらを、タダシは懸命に駆使した。祖父らとほとんど言葉を交わすことなく、黙々と土を掘っては、洞窟の外へ運び出した。それが少年だった彼の体を、ぎゅっと引き締めた。その筋の通った鼻の上を幾度も汗が滑り落ちた。

掘り進むうちに、一つの大きな岩に行き当たった。木べらは鈍い音を上げて撥(は)ね返された。タダシは半ば意地になって掘り出そうとした。しかし岩はぽっと出たその腹を見せつけてくるばかりで、一向に取り除けそうになかった。その出っ張り具合が、どこか母の大きくなったお腹を思わせた。祖父らは縁起が良いといって、それを避けるように洞窟を広げようとした。ただ一人、タダシだけが執拗(しつよう)にその岩に挑みかかった。出っ張った岩の陰影が、人の顔のように見えて無性に気に食わなかった。

けれどもついに掘り出すことは適(かな)わず、祖父に怒鳴られて渋々別のところを掘り始めた。その後も作業は続けられ、洞窟は徐々に広がっていった。一日の仕事が終わって疲れ果てたあと、家族は生まれてくる新しい命について嬉しそうに語りあった。時々動く母のお腹に触れながら、妹らはきゃっきゃっと騒いだ。いつもは厳しい祖父も、顔をほころばせてその様子を見つめていた。

タダシだけが、取り除けなかった岩のせいだろうか、どこか気持ちが晴れなかった。雨季の到来を告げる湿ったにおいが、風のなかに混じり始めていた。

ほどなくして、洞窟は無事完成した。出来上がった洞窟は、大人が七人寝転がっても十分なほど広かった。途中にある出っ張った岩だけが心残りではあったが、タダシは自分たちが成した仕事を誇らしげに見つめた。

そして、この洞窟のなかで弟が産まれた。

＊

激しい雨が降りしきっていた。雨粒は絶え間なく降りそそぎ、ビンロウ樹の葉に当たってけたたましい音を鳴らしつづけている。まるで雨以外のすべてのものを否定するかのような轟音だった。雨の大群が次から次へ押し寄せ、そのあまりの凄まじさに景色は雨で埋め尽くされていた。

そのなかを稲光が走った。妹らが悲鳴を上げる。途端、雷鳴がとどろく。二人は抱き合いながら身をすくめた。音を断とうと必死に耳をふさぐ。洞窟の奥からうめき声が聞こえる。それがさらに二人を怯えさせた。嵐の喧騒にかき消されることなく、母の叫び声が聞こえてくる。食いしばるような荒い息遣いに混じって、押しつぶしたような叫び声が聞こえる。

――本当に母の声なのか。

この世のものにはとても思えなかった。恐怖にかられて二人の妹が泣きじゃくる。

祖父と父の檄(げき)が代わる代わるに飛ぶ。松明が照らす先には、血に染まった紅い腰布があった。母がまた食いしばるように息を呑む。洞穴の奥のそこだけが、異様な熱気を帯びている。

――あれほど楽しみにしていたのはこんなことだったのか。

お産を手伝うように命じられていたタダシは、目に映る惨劇に身震いしたまま動けずにいた。雨は一向に弱まる気配がない。雨の音が闇のなかを這(は)ってくる。

頭上から、ぱらぱらと土が落ちた。根の切れる音に続いて、土砂のすべる音が聞こえる。

嫌な予感がした。それが内から絡みつくように這い出て、体を震わせる。

すると突然、祖父が叫んだ。

——出る、出るぞ。

母の両足の間から何かの先が現れた。それが徐々に大きくなる。気味の悪い、何かが大きくなっていく。

血まみれの膜に包まれたものがある。そこから鮮血が滴（したた）っている。祖父が——ヨォーマク、ヨォーマク、——と口走った。

赤い塊と母が腸のようなものでつながれていた。不気味に脈打つ管（くだ）を、父が刀であわただしく切る。祖父が紅い半透明の膜をかなぐり捨てると、雨の陰湿なこだまのなかに突然の泣き声が混ざり込んだ。いやに耳につく、ざらついた泣き声だった。

タダシは、その場にいるのが嫌でならなかった。

——何か悪いことが起こる。

それがうち震える彼の感じていたすべてのことだった。

＊

視界をラワンの木やシダがよぎっていく。体に触れた葉が、タダシの駆け抜けた隙間を埋めようと、音を立てて重なり合う。タダシの腕のなかには、日の光にうなだれる一匹のタコが抱きかかえられていた。早くそれを見せようと、母の元へ急ぐ。

汗と入り混じって肌を濡らしていた海水は、太陽の眼差しを受けて燦然と輝いている。

――母さんが見たら、どれほど驚くだろうか。

何の疑念もない期待が、彼の足を速めさせる。母がいるだろう場所はもうすぐそこだった。その手前で二人の妹が、泥の山に貝がらを散りばめて遊んでいる。彼は足を止めた。タダシに気付かないでいる妹らに、わざと大きな声で言う。

――タコを捕ってきたよ。

砂だらけの手のまま、二人は同時に振り向いた。兄の腕からはみ出さんばかりの大きなタコを見て、二人は嬉しそうに歓声を上げる。貝がらと棒切れを放り出し駆け寄ってきた二人に、タダシは機嫌を良くして、大ダコとの格闘の様子を声高に話し始めた。妹らはその珍しい赤い軟体動物を突っつき、大はしゃぎする。タダシはいよいよ得意になる。話には熱がこもった。二人が喜ぶ姿は純粋に嬉しかった。しかし同時に、違う感情が燻り始める。焦るように声が大きくなった。汗は吹き出しつづけている。

二人と話しながらも、タダシは別の気配を探していた。彼の視線は妹らの頭上を通り越し、母の影を追い求めていた。しかし母の姿は一向に見つからない。

まだ弾力の残るタコの肌を妹らが小突いている。奇妙な感触に二人は狂喜し、手を上げ叫びながら兄の周りを駆け回る。

いつもなら、母は疾うに顔を覗かせているはずだった。しかし、辺りを見渡すタダシの目に母の姿は映らない。なぜか顔が引きつり、目がしらがじんじんと痛む。妹らは相変わらず無邪気に、タダシの周囲を回っている。太陽が頭上からじりじりと三人を照りつけた。

たまらずタダシは尋ねる。

――母さんはどこ？

二人は顔を見合わせ、仲よく首をかしげた。先ほどまでの高揚感は消え失せていた。別の張りつめた気持ちが、彼の足を動かした。

突如、赤ん坊の泣き声が響いてきた。ようやくその時になって、弟の存在に気が付く。忘れていたわけではなかったが、なぜか今の今まで全く意識に上ってこなかった。母は一人でいるものと勝手に思い込んでいた。

水が湧き出ている場所で何かを洗っている母の背には、生まれたばかりの弟が負ぶわれている。

すぐには声が掛けられなかった。何かが胸につかえている。母の背に妹らが負ぶわれていたときには、決して湧き上がってこなかった何かが込み上げてきて、胸を締めつけた。腕に抱かれたタコは、暑さのせいで腑が抜けたようにくたびれている。

母は汚物のこびりついたおしめを洗っていた。熱心にこすっているが、汚れはなかなか落ちないらしい。タダシが背後にいるのにも気が付かない。そのおしめはまだ肌の弱い弟のために、パゴの繊維を細く細く千切って、細心の注意で母が編んだものである。

立ち尽くしていたタダシは、ようやく母に呼び掛けることができた。

――母さん、
それだけが精いっぱいだった。

――帰ってたの。

母の背中は答える。こびりついて取れない汚れを、懸命にこすったまま振り向きもしなかった。その代わり母の背に負ぶわれた弟が、じっとタダシの方を見ている。いつの間にか泣き止んで、口元には笑みが浮かんでいる。

もう一度声を掛けようとするが、口のなかで言葉が空回りする。胸のうちを言いようもない寂しさが襲う。自分をないがしろにして母が何かをつづけるなど、これまで一度もなかったことである。

今さらのようにタダシの肩へ、大ダコと格闘した疲れがどっと押し寄せる。

弟はさも面白そうに、立ち尽くす兄を見つめていた。

＊

弟に対する苛立ちは、日に日に積もっていった。母は弟の世話を焼いて、タダシを疎かにすることが増えた。話をしていても弟が泣きじゃくれば、タダシをそっちのけであやし始める。お腹を空かせて泣いていればタダシに何のはばかりもなく、弟の口へ乳をあてがう。

そのたびにタダシはどうすることもできず、無様に身動きがとれなくなってしまう。凍りつく体とは裏腹に、胸のうちでは激しく嫉妬が渦巻く。妹らのときには何とも思わなかったことが、今度は耐えられない。言葉と共に呑み込まれた思いは、弟への憎しみに変わって腹の底へ溜め込まれていった。

またタダシの目には、弟がわざと母の気を引いて、自分を孤立させているように見えた。そうやって母を独占しながら、心のなかで笑っているように思えてならなかった。

陽気な笑顔を振りまく妹たちとあやしくも雄大な大自然だけが、今やタダシの慰めであった。

ぎらぎらと燃え立つ太陽に肌を焦がしながら、気の赴くまま森で一日を過ごすことが増えた。

そこには、いつも純粋な発見が溢れていた。つがいの蝶は、美しい翅で互いを撫であうかのように優しく舞い踊る。不気味な色をまとった蜘蛛は、巧(たくみ)みに糸を張り巡らせていた。幹からは時おり、不可思議な格好で枝が伸びている。生えたばかりの葉には、太陽の光が透けて見えた。

そこに弟の影はなかった。

帰ってからは二人の妹と戯れて過ごした。妹らは、浜辺で拾った鮮やかにきらめく貝がらや、虹色の光を放つ貝がらを見せ合い、交換しあった。同じやりとりを、二人は飽きることもなくいつまでも繰り返す。タダシはそれにじっとつきあってやった。

妹らは、タダシを嫌がったり邪険にしたりすることはなかった。タダシの気に障(さわ)るような言葉を発することもなかった。手に貝がらを隠して悪戯してみても、面白がりこそすれ文句を言ったりはしない。決して深い心のやり取りがあったわけではなかったが、二人はタダシの痛いところに触れることもなかった。それが何よりもありがたかった。妹たちのおかげで、タダシは苦痛を紛らわせ、平静を保つことができた。

すべては母と弟から目をそらすためで、変えがたく耐えがたい現実から自分の心を守るためだった。自然との戯れも妹らとの時間も、タダシが心から望んだものではなかったが、そこに逃げ込まずにはいられなかった。

しかしそのささやかな平穏すら、長くは続かなかった。あまりにも惨(むご)い形でそれは崩れ去ってしまう。自然の脅威は残酷に、そして容赦なく二人の命に牙をむいた。

始まりはほんの小さな気の緩みだった。

その日、幼い妹らはずいぶんと遅くまで帰ってこなかった。先に帰っていたタダシが心配になって捜しにいくと、二人は泥まみれになって沼で遊んでいた。

お互いの格好を見て、けらけらと笑っている。沼のじんめりとした臭いが鼻を突いた。泥まみれのあまり、二人の地肌はほとんど見えない。とにかく二人が無事なことにほっと胸をなでおろす。辺りがすっかり暗くなっていることを咎めると、二人は素直に帰路についた。その間も、お互いのへんてこな泥顔を見て腹を抱えて笑っていた。

二人を見ると、母は驚きのあまり弟をそっちのけにして二人の体を洗おうとした。その手から逃れようと、妹らはかわいらしくきゅっと脇を締めながらきゃっきゃっ、きゃっきゃっと逃げ回る。母は執拗に二人を追いかけた。しまいにはタダシを挟んで、母と妹らがにらみ合う形になる。三人にとりまかれながらタダシは愉快になる一方、どこか寂しい気持ちを覚えた。母にかまってもらえる妹たちが羨ましかった。わずかばかりねたましくもあった。けれどもすぐにタダシは後悔することになる。妹らはその命の最後の輝きを見せていたのだ。

二人の体調はほどなく狂い始めた。

一日じゅう途絶えることなく腹痛を訴え、腹をくだすようになった。タダシはのん気にただの下痢だと思っていた。しかし青ざめた母の表情は別のことを物語っていた。取り返しのつかない過ちを犯したかのように、母はごめんねと一人謝りつづけた。あるいは、だいじょうぶだよと二人を励ましつづけた。しかし母の想いとは裏腹に、事態はただひたすら暗転していった。

——あの笑顔は奪い去られてしまったのだ。

後になってタダシは何度もそう思った。

*

——二人を隔離しろ。

妹らが腹をくだし、数日前に沼で遊んでいたと聞かされた途端、祖父は激しい語調で言った。その傍ら（かたわ）で母がさめざめと泣く。

祖父の指示でおそろしいほど手際よく仮小屋がつくられ、二人の妹がそこへ移された。小屋の場所には風通しのよい所が選ばれた。感染を恐れての処置らしい。まるで何度も経験したことのようにすべてが手際よく進められた。

二人の容態は転げ落ちるように悪くなっていったが、ほんのわずかな間、一時的ではあったが妹らは回復する兆しを見せた。

妹たちは寝床に横たわりながらいつものように二人で遊んでいた。色つやの落ちた小さな手が、貝がらを一つ一つ並べていくのをじっと見ていると、涙が込み上げてきて堪えるのに必死だった。取り繕おうとして微妙な表情を浮かべていると、二人はいつものようにくりくりとした瞳でそのわけを尋ねてくる。無邪気な笑顔がこけた頰に浮かぶ。

目に涙をためながら、なんでもないよとかぶりを振って答えた。涙を拭(ぬぐ)ってなんとはなしに尋ねる。

——その虹色の貝がらはいつになったらくれるの?

二人は奪い合うようにしてそれを胸に抱き、嬉しそうにあげないと言った。陽気にふるまう姿を見ていると、死の気配はどこかに消え去ったかのようだった。しかしその実、鳴りを潜めていただけだった。

病は思わぬ方向から家族に襲いかかってきた。夜を徹して看病をしていた父が、同じ病に感染してしまったのだ。父が床に伏してから、二人の妹の病も瞬く間にぶり返した。

狭い小屋のなか、三人が病魔に苦しめられる姿は凄惨(せいさん)なものだった。初めは単に下痢をしたように見え、やがて粘液状の血便が出はじめ、止まらなくなる。発熱し、何かにとりつかれたかのように震えを起こす。同時に右脇と肩に激痛が走る。涙を浮かべて痛い痛いとうったえる妹たちを、タダシはただ慰めてやることしかできなかった。代われるものなら代わってやりたかった。

二人は太陽がもっとも猛威をふるう時間帯に、相次いで死んでいった。動かなくなった二人を見て、それが死であると理解するのにそれほど時間はかからなかった。あまりに唐突に、それでいて着実に病は二人を蝕んだ。妹たちの最期の姿は、目も当てられないほど痩せこけていた。細い最後の息が途切れたとき、タダシは泣くことしかできなかった。

――あの笑顔は奪い去られてしまったのだ。

涙は頬を伝って流れつづけた。

自分のせいで娘たちを再発させ、さらになまじ体力があったため二人の後を追う形になった父も、生まれたばかりの息子の安否を気遣いながらすぐに死んでいった。そこには無念の表情が、絶えることなくずっと浮かんでいた。

＊

妹たちが死ぬ間際、月が闇夜に透けるような晩に、タダシはうめき声のやまない仮小屋を訪れた。なぜ夜半にそんな場所へ行ったのか、後になってタダシは思い出せなかった。タダシの

post card

恐れ入りますが、
切手をお貼り
ください

810-0041

福岡市中央区大名2-8-18
天神パークビル501

書肆侃侃房 行

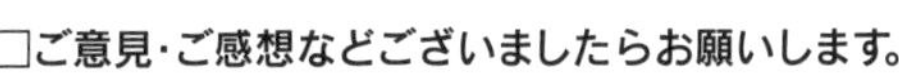

□ご意見・ご感想などございましたらお願いします。

※書肆侃侃房のホームページやチラシ、帯などでご紹介させていただくことがあります。
不可の場合は、こちらにチェックをお願いします。→□　※実名は使用しません。

書肆侃侃房　http://www.kankanbou.com　info@kankanbou.com

愛読者カード

このはがきを当社への通信あるいは当社発刊本のご注文にご利用ください。

ご購入いただいた本のタイトルは？

お買い上げ書店またはネット書店

本書をどこでお知りになりましたか？

01書店で見て　02ネット書店で見て　03書肆侃侃房のホームページで
04著者のすすめ　05知人のすすめ　06新聞を見て（　　　　新聞）
07テレビを見て（　　　　）　08ラジオを聞いて（　　　　）
09雑誌を見て（　　　　）　10その他（　　　　）

フリガナ
お名前
男・女

ご住所　〒

TEL（　　）　FAX（　　）

ご職業　年齢　歳

注文申込書

このはがきでご注文いただいた方は、**送料をサービス**させていただきます。

※本の代金のお支払いは、郵便振替用紙を同封しますので、本の到着後1週間以内にお振込みください。
銀行振込みも可能です。

本のタイトル	冊
本のタイトル	冊
本のタイトル	冊

合計冊数　冊

りがとうございました。ご記入いただいた情報は、ご注文本の発送に限り利用させていただきます。

記憶に残っているのは、ただ一つのことだけだった。

それは、月明かりのなかに浮かぶおそろしく冷たい、それでいてすがりつくような父の眼差しだった。すべてを突き放したかのような、しかし、同時に必死に助けを求めるような眼差し――タダシを見たその眼のなかには、あらゆる負の感情が横たわっているかのようだった。

その視線にぴたりと凍りつく。

――なぜ俺たちなんだ。

父が吐いた言葉に、胸を絞めつけられずにはいられなかった。息までもが詰まった。つかむことのできないその言葉の真意に、返答することもできずただ立ち尽くす。

――どうして、
悔しさのにじみ出た言葉が父の口から漏れる。暗がりに引きずり込むように、父はタダシを見つめていた。

その眼差しはしばらくの間、タダシにまとわりついて離れることはなかった。

＊

二人の妹の死を告げると、母の顔に一瞬動揺がよぎり、その後に延々と涙が伝った。妹たちが小屋に移された日から、母はついに一度も、二人に会いに行かなかった。不用心に会いに行った結果、か弱い赤子の命がどれほど危険にさらされるのかよく分かっていたのだろう。弟は無邪気に泣き声をあげるだけで、皆にその命を守られていた。

妹たちが病床に伏していたころ、気丈に振舞おうとする母の頬に時おり不意に涙がこぼれた。枕もとが濡れているのはいつものことで、長い睫毛の目元は赤く腫れつづけていた。

タダシは夜な夜な母のすすり泣く声に起こされたが、二人が病魔に襲われた当初、家族に降りかかっている不幸に対してほとんど無自覚に近かった。

洞窟、あるいは仮小屋にいるときこそ彼の心は暗く沈んだが、重苦しい空気に包まれた二つの住まいの狭間をひとたび抜け出すと、燦然と煌めく自然との戯れにうっとりと酔いしれた。家族の病と心労に挟まれた心は、その間でどこまでも伸びやかに広がることができた。

風の吹きわたる森を駆けていると、自分の生が躍動するのを感じた。日の光を我先に求めあう木々の間の空を、一羽の鳥が円を描くように飛ぶのを見てタダシは胸ときめかせた。日が沈み、昼と夜とが入れ替わると、森もその表情を一変させる。月明かりに照らされた森に張りつめた夜気が忍び込み、陽で焦げた皮膚にそっと触れる。木陰の闇には、無数の命が眠っている。ガジュマルの樹に身を預けて見上げた夜空には、まき散らされた星々が闌干（らんかん）と輝く。恍惚（こうこつ）としたひと時は、現実が絶望に近づけば近づくほどますます煌めいてタダシを魅了していった。

しかしそれも、父のあの眼差しに触れるまでのことだった。死に際の父が遺した眼差しは、どこへ行っても離れることなくタダシの後を追ってきた。タダシは、もう以前のように自然に酔いしれることができなくなった。

病を恐れて火葬され、灰と骨だけになってかえってきた三人を前にすると、自分の身勝手さが恨めしく思え、いっそう気持ちが沈んだ。

——もう少し何かしてやれたのではないか。

そう思わずにはいられなかった。

その晩、残された家族は三人の骨を納めた木箱を囲んで故人をしのんだ。タダシは妹たちの箱に、二人が大切にしていた貝がらを入れてやった。燃え残った骨に当たって貝がらがこつりと音を立てる。揺れる焚き火の明かりに、貝が虹色に滲んだ。祖父がぽつりと言った。

——こんな小さな島しか知らずに死んでしまって、……

声は涙につまって途切れた。酒が入ると、祖父は往々にして島の外のことについて語った。そのなかには、祖父と祖母がこの島にやってきた経緯も含まれていた。その晩も、パンの実で作った酒をあおりながらそのことを口にした。しかしタダシはほとんど聞いていなかった。センソウやグンといった、理解できない言葉が要所要所に散りばめられていたせいもあったし、気持ちが言葉を排除しているせいでもあった。凍り付いた心の上を、祖父の話が滑っていく。

それでも祖父は語りつづける。大洋の真んなかでタダシにはわからないような何かが起こって、大海原に放り出され、必死にしがみついた残骸に乗って命からがらこの島に流れついたという話を聞くとはなく聞いていた。味方の助けを待ちながら、この島で生活をはじめたというところで話は一区切りになる。祖父はもう一口、酒をあおった。いつもなら祖母が死ぬまでのいきさつが後につづく。

それまで黙って聞いていたタダシに、ふとした疑問が浮かんだ。他意もなくそれを口にする。

――島にたどり着いたのは、おばあちゃんと二人だけだったの?

言葉が口の先を離れ切る前に、祖父の表情が曇ったのがわかった。いや曇るどころか狼狽の色へと変わったのを、タダシはたしかに見て取った。それは全く予想していなかった表情だった。祖父の顔からはみるみる血の気が引き、目は一つ所にとどまることなく泳ぎ回った。パン酒を持った手は小刻みに震えていた。

一呼吸ののち、祖父は弱々しくも語気を荒らげて言った。

――お前の知ったことではない。

思いもしなかった反応に、タダシは戸惑い、それ以上何も訊けなかった。祖父の顔に刻まれた皺が、焚き火に照らされ、深い陰影を作り出していた。

＊

真昼の太陽が、砂浜に倒されたタダシの体を冷徹に焼きつけた。汗で砂がこびりついた体は、すでに大人のものと比べても遜色がなかった。祖父はその体を力いっぱいぶん投げたのだ。口に入った砂を吐く。倒れたタダシの上に、祖父は容赦なく罵声を浴びせる。

——この分からず屋め、

手に握られた杖がタダシの体を打つ。

——ヒコクミンめ。お前など生まれてこなければ良かったのだ。

声と杖がタダシを虐げる。

——何故わからぬ、何故、テンノウヘイカバンザイと言わぬ。お前の頭は空っぽか。

杖とともに延々と打ちつけられる言葉を、タダシは砂に伏したまま黙って聞いていた。言葉は頭に入ってこない。赤く腫れた体が、杖で叩かれるたびに痛々しい音を上げる。

父親を亡くした二人の孫を逞しく育てあげたいという祖父の思いは、タダシの心に届くことなく空回りする。テンノウやアラヒトガミといった言葉が幾度も宙を舞う。その威光を伝えようとする祖父の思惑とは裏腹に、タダシは自分の見知らぬものをかたくなに受け入れようとはしなかった。

たしかに、自分の理解を超えたものの存在を感じることは、タダシにもあった。思わず見とれてしまうほど美しい羽を持った蝶が宙を舞う姿や、力強く燃えたぎる太陽を見ていると、自然と畏敬の念が湧いた。けれども唐突に、テンノウヘイカを敬えと言われても、タダシには全く呑み込めなかった。理解できないなりにも、彼は直観的に屈してはならないと思った。祖父の言に従った瞬間、何かが終わってしまう気がしていた。

ただ黙って理不尽な暴力に耐えた。祖父も意固地になる。

——所詮、蛙の子は蛙か。このクズめ。

うずくまる頭に祖父が唾を吐きかける。けれども、タダシの心には何も響いてこなかった。心は屈することなく立っている。摑み合いになれば、祖父を容易に組み伏すだけの力が自分にはある。その自信が彼を支えていた。じっと奥歯を嚙みしめながら、時が経つのを待った。

すでに老いを感じさせる祖父の手が疲れ果てたために止まると、タダシはゆっくりと顔を上げた。その瞬間、隣にいた弟と視線がかち合う。

突如、思いもしない屈辱感に苛まれる。弟の目には憐憫（れんびん）の光がありありと射していたのだ。そしてその中心にはタダシが映っている。

——どうしてそんな目で見るのか、

全身の血という血が逆上する。弟はそれに答える代わりにうずくまるタダシから視線を外して、あっさりと祖父の言葉を復唱した。

——テンノウヘイカ、バンザーイ。

何の抵抗もなく、さらりと、その七つになったばかりのかわいらしい声でもって、投げかけられた言葉をそっくりそのまま口にする。

タダシの腸(はらわた)は煮えくり返った。祖父は弟の従順なそぶりに満足し、再びタダシの方を向いた。また罵倒が始まる。憐れみと嘲(あざけ)りが入り混じった視線が、再度押し寄せてくる。祖父の罵倒などより、その視線の方をねじ伏せたかった。

それがどれほど耐えがたいことだったか。タダシは灼熱の業火を味わわされているようだった。

太陽が肌を焼くのを感じながら、ただただその視線がやむのを待った。

＊

夕刻が近づき、真昼の灼熱は勢いを緩めていたが、依然暑さは辺りに淀んでいる。タダシは洞窟のなかにいた。ヤシの実の繊維でできた火縄を灰のなかから取り出し、その火が絶えていないかを確認していた。

この火縄を眺めるのが彼は好きだった。自分たちの生活を、燻るように燃える、この火とも呼べないような火が繋いでいるのだと思うと、不思議な気持ちになった。ほんのわずかなともし火に、自分の命が支えられている気がして生きていることに感謝したくなる。もしこの火種が消えてしまうと、もう一度火を起こすのは容易なことではなかった。火種が絶えないように灰を被せ、縄を足しつづけて細々と燻らせつづけておく。そうすることで、さして労力も要せず焚き火を起こすことができた。

そのヤシの繊維が焦げる匂いを嗅いでいると、洞窟の入口から声がした。弟が叫ぶ。

——テンノウヘイカ、バンザーイ。

タダシは胸が焼けるのを感じた。弟がこう叫ぶのは、もう日常茶飯事になっていた。そのたびにタダシはいらだちを覚える。

あの浜辺の日以来、タダシの心はますます弟や祖父から離れていった。気持ちが冷めて無感覚になるというよりも、むしろ無視できない距離で見せつけられる光景に、タダシは冷静でいられなかった。迎合してたまるものかと反発したくなると同時に、気が滅入る自分もいた。

——テンノウヘイカのために、ニンムをスイコウしてマイリマシタ。

用事を済ませた後に、子供特有のおどけた調子で弟がそう叫ぶのを聞くたびに、タダシの気持ちはかき乱され、心穏やかでいられなくなった。祖父は逆に喜び、褒美に果物をやったりした。タダシは自分の採ってきた果物が、目の前でやり取りされるのをいつも俯き加減で恨めしそうに眺めていた。

その日も「バンザイ」という不可解な音の響きを、憎々しく思いながらその背に受けていた。弟が祖父に歩み寄る気配がした。いつもの光景がまた繰り返されるのだろう。虫酸が走る。

――どうしてわけもわからないことを軽々しく口走れるのか。

反骨心を抱きつつ、火縄に灰を被せる。その場を一刻も早く去ろうと入口へ歩を向ける。媚を売る甘い声が後ろから追いかけてくる。また体が熱る。

――憎い、

弟の言動に触れるたびに全身の細胞があらがうように騒ぐ。心がかき乱される。しかし、タダシは気付いている。その胸を焦がすのは決して憎しみだけではない。羨ましいのだ。あんな風に甘えられる弟が、妬ましくも羨ましいのだ。そのことに気付くたびにぞっとする。振り切るように光が射す方へ急ぐ。

＊

外に出るとまばゆい光が瞬間、タダシの視力を奪った。

うっすらと汗に覆われた体は、艶のある伸びやかな筋肉でぎゅっと引き締められている。そこに余分なものは一切なかった。日に焼けて、黒く色を重ねた皮膚には垢がこびりついていたが、それも無精というより勇壮さを感じさせた。霧散する汗のにおいさえ、ある種の豪傑さを物語っている。二十歳を超えて、タダシの体はもはや成熟しきっていた。

鍛え上げられた握力がぐんぐん体を引き上げる。しなる竹を相手に、タダシは小器用にバランスをとりながら上へ上へと登っていく。吹き抜ける風が、竹の葉に触れて涼しい音を立ててさざめく。

真夏の猛暑にあって、この竹藪だけがどこか違う季節のようだった。涼を得ようと近ごろはよく独りでここに来た。風が無数の竹の葉を打ち鳴らす。その果てしない音のただ中にいると、身を洗われるような気がして清々しかった。

今日はその竹の一つに無性に登ってみたくなった。しなる竹の頂きで、一人頬に風を受ける。竹の絨毯に風が映って見える。小さな島がぐるりと一望できた。まるで島を自分が掌握したような心持ちになった。

自分の身を苦しめる祖父や弟は消え失せ、自分だけがこの島にいる。そんな錯覚に捉われた。

家族との時間は、もはやほとんどが苦痛だった。母と二人っきりで過ごす時間だけが唯一の安らぎといえた。しかし、それすらも弟が目ざとく見つけては割って入ってきた。母も母で二人の子を死なせた呵責からか、必要以上に弟に優しくした。すでに青年期の入り口に立っている弟を、まだ赤子のままであるかのように母は扱った。それを見るたびに、タダシはうんざりとした気持ちになった。

けれども、今は風が陰鬱な気分を薙ぎ払ってくれた。透きとおるような蒼い空が、海の涯てを越えて、どこまでも広がっている。海は穏やかに波を刻んでいる。

耳元で風が空を切る音がする。足もとの竹が揺れる。ふと、洞窟の方を見てみたくなった。ここから見ればまた印象も違うのだろう。身をのけ反らすようにして振り返ってみる。小さな期待が胸を打った。そしてすぐさま暗澹たる想いへと変わる。

洞窟の入り口で祖父と弟が、石で作った盤戯をしているのが見えた。見なければよかったと後悔が襲う。風が凪いだ。あの焼け爛れるような不快感が、また体にのぼってくる。弟が手を動かすのが見える。

弟の体は脆弱ではないにせよ、屈強とは言い難かった。弟が自ら自然に立ち向かうことはほとんどなかった。その体は他人の助けを介して育まれたものだった。弟の所作には、どこか人を当てにしているところがある。自然に囲まれたこの島にあって、弟の体はひどく僂く、人間臭かった。

祖父らは、タダシが洞窟を出ていくときから遊んでいた。そして帰ったら、勝った褒美だと言って、タダシの採ってきた食糧をやり取りするのだろう。彼が汗を流して手に入れたものが、何の気遣いもなく目の前で右から左へ渡されていく。
想像するだけで辟易（へきえき）として体から力が抜ける。タダシは静かに竹を下りた。タダシの頭上で、竹の葉がざわざわと鳴っていた。

*

母の顔をじっと見つめる。横たわっている彼女の顔は、松明に照らされてやせ細った輪郭を顕わにしている。黒く豊かだった髪も、今はもう白髪が目立ち、薄くなっていた。母の衰えは止まらない。特に祖父が死んでからは、みるみるやせ細っていった。
――母が死ぬ、
それは今まで思ってもみなかったことだった。ゆれる松明がこけた頬に影を落とす。かすかに聞こえる細い息遣いで、ようやく母の生きていることがわかった。
弟への憎悪が湧いた。母が衰えたのは、単に齢を重ねたためではなかった。食事を、息子に分け過ぎたせいでもあった。もちろんタダシに譲ったのではない。弟に譲るのである。弟が、母を死に追い立てたも同然だった。分け与える量は、弟の体が大きくなるにつれて徐々に増えていった。それを甘んじて受け取る弟が、タダシには理解しがたかった。

――母が死ぬのだ、

もう一度考えてみてやはり恐ろしくなる。母の小さくなった体が、闇から浮いて横たわっている。かつての艶は髪からも、肌からも消え失せていた。閉じられた瞼の下で、眼球がかすかに動く。

危機感を覚えたのが遅すぎたのだ。母は死なないものだと心のどこかで思っていた。祖父が岩場から足を滑らせあっけなく死ぬと、それが単なる思い込みであったと気付かされた。タダシにとって、祖父という人物も死から無縁な存在だった。あの祖父が死ぬのか、そう思った。母に死が訪れるとは塵ほども思いたくなかったが、不安に駆られもう少し食事をとるよう促す。けれども、事態は変わらなかった。好物のイチジクを採ってきても、母はそのほとんどを弟にやってしまう。弟が憎々しかった。その場で殴り殺してやりたかった。

抜け落ちてまばらになった睫毛が、上下で重なって、そっと閉じられていることが多くなった。母が立ち上がることすらできなくなってようやく、弟も食事を分けてもらうのを控えるようになった。しかし、もう遅すぎた。

閉じられた瞳はもう一度開くことすら適わないかもしれない。そのやつれた顔を見ていると、自然と小さかったころの母との交流が思い出された。

木登りを覚えたばかりのころ、タダシは森の入口で、菩提樹の高木によじ登った。満足の行くところまで登りきると、枝にまたがって辺りを見渡す。すると母が遠くから駆け寄ってくるのが目に入った。視界を遮るように突き出していた枝を押しのけ、得意げに手を振った。母は何かを叫んでいる。その顔は青ざめて引きつっていた。何を慌てているのかと不思議に思って見ていると、動いてはダメ、と言っているのがわかった。

何事かと事態を見守っていると、母は島中に聞こえそうな金切り声をあげて父と祖父に助けを求めた。ほとんど病的なほどに喚いているのをよくよく聞いてみると、毒蛇が一匹、タダシの後ろにいるらしい。一瞬、ぎょっとして背筋が凍った。

恐る恐る振り返ってみる。すると母の言う蛇はどこにもおらず、枝に蔓が絡みついているだけだった。ほっと胸をなでおろし、何事もなくするすると木を下りる。母はまるで見間違いなどなく、本当の危険から息子が生還したかのように泣きながら、タダシを迎え入れてくれた。

――よかった、ほんとうによかった。

耳もとで発せられたその言葉を、不思議な気持ちで聞いていた。

その母の温かみが今さらのように恋しい。昔のように笑ってほしかった。頬にできる優しい笑くぼをまた見たかった。けれどもそれは叶わぬことだとわかっている。

せめてもと、過去をまさぐる。まだ弟の生まれる前、毎日のように森であったことを母に話していた。嬉しそうにタダシが話すのを、母はまるで自分のことのように喜んで聞いてくれた。包み込むような笑顔につられて、タダシも急き込んで話す。もっと楽しんでもらおうとついつい話も膨らむ。

頭が両端についた蛇がいたとか、森の奥には人の形をした岩があったとか、人の顔ほどある蛭を見つけたとか、そういった法螺話も母は優しく相槌を打って聞いてくれた。母の頬に浮かぶ笑くぼが、タダシはたまらなく好きだった。その頬が今ではこけて骨ばっている。

ふと、森の奥で髑髏を掘り起こしたときのことを思い出した。そのことを話したとき、母はいつになく真剣に話の真偽を尋ねてきた。母の意外な反応に、タダシは戸惑った。前の日の暮れ方、タダシはそれをたしかに掘り出した。けれども人の頭蓋骨であるとはわからず、ただ岩の上に重ね、野ざらしにして帰ってきた。

そう告げると、母ははらはらと涙を流して呟いた。

――それはあなたの大切な……

後ろは詰まって聞き取れなかった。その時はなんとも思わなかったが、今になって無性にその続きが聞きたくなった。しかし母の口はもうはっきりとは動かず、舌がもつれてうまく喋ることができない。そんな母に無理をさせてまで知りたいとは思わなかった。できることなら、このまま眠るように逝かせてあげたかった。

同じように思い出しても解せない類の記憶は他にもあった。タダシと父の顔を交互に見比べるときに、稀にあらわれる母の切なそうな表情がその一つだった。黒い大きな瞳には、何かを押し込めたような燻った光が時おり宿った。そのたびに、タダシは母がどこか遠くへ行ってしまったような寂しさと言いようのない居心地の悪さを味わった。

父が死んでからも、それはなくならなかった。たしかに頻度こそ減ったが、弟が生まれてからその眼差しはますます強くなった。弟とタダシを交互に見ては、あの悲しい目つきをする。自分のことを軽んじているのだと思った。きっと弟の方をより愛しているのだと思った。それが瞳の蔭りになって表れているのだと思った。しかし、それでもタダシの方では母を愛した。不器用な形でしか表わせなかったが、いつもタダシの胸は母への愛で満ちていた。

あの儚げな瞳の理由を取りたてて尋ねたことはなかったが、もうその機会も訪れることはないのだろう。起こさぬよう、そっと母の頬に触れる。いつまでも母と一緒にいたかった。指の裏に乾いた肌の感触が伝わってくる。薄明かりに横たわる母は、応えることなくただ静かに呼吸していた。

＊

穴を掘っているだけなのに、涙が溢れ出して止まらない。木べらが土に食い込む音だけが小気味よく鳴っている。そばに横たえた母からは、もう呼吸の音は聞こえてこなかった。

もう苦しまなくていいのだ、朝起きて、冷たくなった母の遺体を見つけたときタダシはそう思った。同時に、やせ細っていく母を、もう見なくてもいいのだと胸を撫で下ろした。二つの気持ちが入り混じり、堰を切ったようにどっと涙が溢れた。

そのまま、涙は止まることなく頬を伝いつづけている。朝の爽やかな光が樹々から漏れて、二人を包み込んでいる。そこに弟の影はなかった。付いてくるなと牽制したからかもしれない。どこかでふてくされているか、途方に暮れているのだろう。タダシにはどうでもよかった。今は母と二人、最後の別れを惜しみたかった。ファレノプシスの花が、傍らにそっと咲いている。

持ち上げた母の遺骸はぞっとするほど軽かった。母はその身を弟にやってしまったのだ。涙がまた頬を流れて地に落ちた。母の髪は、その長さだけが昔の面影を湛えている。この遺骸に触れていいのは、自分ただひとりだと思った。母を死に追いやった弟が触れてよいはずがなかった。

抱きかかえていた母を、そっと穴に横たえる。本来であれば火葬しなければならなかった。そのために、やし油と火縄を持ってきていた。けれどそんな気にはどうしてもなれなかった。

せめてその遺体を、母の形に留めたまま葬りたかった。

額についた土を払った。すぐに土をかぶせて無駄になるのはわかっていたが、それでも払った。

――母さん、
もう一度呼びかけてみる。その両の目がふたたび開くことを願いながら。

森のざわめきだけが、タダシの泣く声に答えていた。

*

水浴びをしようと浜辺に出たタダシだったが、海岸線に抜けるや否やきびすを返した。浜辺に弟がいたからだ。

母が死んでから数カ月、弟を見かけるのは初めてのことだった。兄弟を同じ場所に引きとめていた母という存在がいなくなると、二人は自然と離れて暮らすようになった。もっと正確に言えば、タダシが一方的にこれまでの生活圏を退いた。

野外にハンモックをこしらえ、気の赴くまま暮らした。雨模様のときには、適当に雨をしのげる場所を探し、なんとかやりすごした。食べたいときに食べたいものを食べたいだけ食べた。

祖父の代から調理に使っていた道具はすべて弟の方へ置いてきたので、自然と生で食材を食べることが多くなった。もし火を通したければ道具から作って火を起こす。なんにせよ、体を動かすのは気が紛れて楽しかった。太陽を全身に浴びると、余計な考えは焼け爛れ体がうずいた。絢爛(けんらん)たる太陽に、今さらのように畏敬の念が湧く。

逆に夜になると、闇が多く流れ込んできた。星々は煌びやかに輝いていたけれども、独り時を過ごす身にとっては、やはり心落ち着かない時間だった。自然と夜は早く床に伏し、朝日に合わせて目覚めるようになった。そんな生活を繰り返すうち、母を亡くした悲しみは徐々に癒えていく。

弟がどうしているのかは、タダシにとって全く興味のないことだった。知りたいとも思わなかったし、気配がすれば苛立ちを覚えながらも、その場をすぐに後にした。弟と顔を合わせない生活は気が楽だった。嫌な思いも抱かずに済んだ。

けれども、今日不用意に弟に出くわしてしまって、タダシは後悔した。心が煮えたぎり、弟を直視することもできなかった。

——あんな奴……

言葉にならない怒りが湧き起こった。大地を荒々しく踏みつける。流しそこねた汗がねっとりと体に張り付いていた。

——あいつがくたばるまで、だれがくたばってやるもんか。

森に分け入りながら、猛り叫びたいような気持ちに駆られた。遮るものはおらず、自らの存在を知らしめるかのように雄たけびが一つ、蒸し暑い島を駆け抜けた。

雨季がもうすぐそこまで訪れていた。

*

嵐が島を襲った。黒い雨雲の合間を雷光が縫い、雷鳴が島にとどろく。瞬間、島のいたるところを流れていた濁流が闇の中に照らし出される。濁流は結びついては分かれ、隔たれてはまた相手を見つけ折り重なって流れてゆく。無数の虫や動物の死骸を巻き込みながら、ついには大海原へ流れ込んだ。

ニチニチソウの赤い花もその流れに呑み込まれたが、汚濁に花を添えるというにはほど遠く、暗がりにあるのは土色の流ればかりだった。島の様子は、普段とは一変していた。激しさを増しつづける雨は地を覆い尽くす勢いである。

雨がざわめくうす暗がりで、タダシは死人のように生気のない顔を浮かべていた。今にも闇のなかへ消え入りそうだった。濡れてだらしなく垂れた前髪に隠れて、うつろな目からは生気が失せ、顔色は稲妻におびえたように青ざめている。口は役目を忘れたごとく開ききり、呼吸が荒っぽく出入りしていた。

岩の塊が崖を転がり落ちる。土砂の影が洞窟の入り口を流れ落ちた。その間にも、雨音がずっと鳴り響いている。

今日はあの日にどこか似ていた。耳を突く雨のこだまを聞いていると、あの日の記憶が否が応でもよみがえってくる。

暗い岩窟に反響する雨の音。喉を裂いて出たような母の叫び。灰色の空を映し出した洞窟の入り口。そこで悲鳴をあげる二人の妹。松明に群がる虫。幾人分にも伸びた人影。鮮血に染まる腰布。檄を飛ばし、励ます祖父ら。母の膣から出てきた、血の滴る透明な膜。祖父の叫び声。その膜に包まれた動くもの。母とをつなぐ管。そして、突然の泣き声。

弟が生まれたのも、こんな嵐の日だった。記憶を手繰り寄せるように祖父の叫んだ文句を繰り返し呟く。体を前後に揺する。決して快い記憶ではない。けれども、それにすがり付いていても忘れ去りたい絶望が、すぐそばに横たわっていた。タダシは身震いする。

松明の灰がぽとりと自らの影に落ちる。そのかすかな音は嵐にかき消され、気配だけが灯火の揺らめきとなって闇を伝った。この穴蔵の奥底で、弟は力なく横たわっている。そこはまさに彼が生を授かった場所であった。しかし、今はもう体を起こす力も残っていない。彼の命は、自然の脅威の前に屈しようとしていた。

血の混じった屎尿にまみれ、うめき声をあげて悶えている。断続的に襲ってくる痛みに耐えかね、爪の剝げ落ちた指で体を引っかきうめいている。苦痛が満ちあふれて、口から漏れでているようだった。

穴底に伏した体は衰弱しきり、臓器は病に蝕まれている。悶えて動く腹には、あばらがくっきりと浮かび上がって深い影を落としている。蠅が何十匹とその周りにたかっている。蠅の隙間から垣間見える肌はひび割れて、触れるだけでぼろぼろと崩れてきそうだった。弟は今や、顔にこびりついた糞便を払い落とす気力もない。

悶え声と屎尿の臭いが、瘴気のように這い上がってくる。それが弟の死期の近いことを教えていた。タダシはその症状をよく知っていた。かつて二人の妹と父を、この世から連れ去っていった病に他ならなかった。あいつが、今度は弟の命を蝕んでいる。

二人の妹のことを思おうとした。このおそろしい現実から、ひと時でも逃れたかった。脳裏に、妹たちの顔が浮かぶ。無邪気な嬉々とした笑顔がよみがえってくる。二つの輝く命。その輝きは細って消えてしまった。

過去に襲われて身震いする。妹らを思ってではない。すべてを擲ったような憎悪の眼差しを思い出したからである。あの父の眼差しは、長い間タダシの脳裏から離れてはくれなかった。

忘れられたと思っても、過去を手繰(たぐ)ればいつでもそこにあった。

――どうして、
そう呟いた父の真意は、未だに摑むことができない。だからこそ、タダシはあの眼差しから逃れられないのかもしれない。

今日、父のことを思い出すのは初めてではなかった。横殴りの雨に遭い、嵐を予感しながら行き場を失ってこの洞窟に避難してきたとき、タダシはあの眼を思い出した。いや正しくは、もう一度あの眼差しを突きつけられた。松明を片手に洞窟の奥を覗き込むと、まさにあの時の父そっくりの眼差しで、弟がじっとタダシを見つめていた。

そのときすでに弟は、形のない糞便と蠅の大群のなかに埋もれていた。そこに横たわる死を、タダシは意識しないわけにはいかなかった。彼は目の前の絶望に、体が硬直していくのを感じた。

*

それから雨はどれほど降ったであろう。雲は一向に晴れる気配がなかった。もう昼過ぎのはずだったが、辺りは夜の帳(とばり)が下りたように依然として暗い。

二人は出会い頭の視線のやり取り以来、お互いの顔を見ようともしなかった。それでもどこか相手の気配を探っている。それが生まれてからこの方、二人が保ってきた間合いだった。弟の死に際にあっても、二人は溝を埋めようともせず、その不文律をきっちりと守っている。

松明の灯が当たってひきつった笑いを浮かべたような模様が、岩壁に浮かんでいる。岩越しに弟の脚が見え、蠅がたかっているのがわかる。激しい雨音を縫って、羽根の音さえ聞こえてきそうだった。

近づく気は微塵もなかった。まして看病しようという気はさらさら起きなかった。ただ間合いを取って、遠巻きに眺めているだけだった。そのくせ何よりも弟の様子を気にしている。

赤々と燃えていた松明の先が落ち、灯りに揺れて人面岩の形相が変わった。二人を阻むように、タダシの傍らには木板が立てかけられていた。板は朽ち果てており、ざらついた表面には黴が黒く泡を吹いている。

木板には、祖父がまとめたセンジンクンの骨子が刻まれていた。もちろんタダシらに叩き込むためである。しかし、タダシは文字を読むことができなかった。祖父は何度も文字を教えようとしたが、タダシは頑(かたく)なに拒(こば)んだ。それゆえたとえ何が刻まれてあろうとも、タダシには不思議な図柄が、整然と並んでいるようにしか見えなかった。木板に刻まれた内容を知るには、もはや記憶に頼るしかなかったが、今となっては、もうその要旨すらろくに思い出すことができない。

それでも必死になって思い出そうとする。ダイニッポン、コウコク、ヘイカ、ニホングン。生前、祖父がよく口にしていた言葉が口を突いて出た。理解することのできなかった言葉を懸命に手繰りながら、木板に刻まれた中身を捕らえようとする。けれども、思い出そうとすればするほど、むしろそれを叩き込まれたときの創痕(きずあと)がうずいて邪魔をした。浜辺で、杖を振り落ろされたときの記憶が心を絞めつける。弟と祖父の嘲るような眼。

——しかし、あれは太陽のいたずらだったのだろうか。

祖父の振る舞いが、時おり反転して見えることがあった。タダシを罵倒する眼には擁護するようなものが、弟を褒めるときにはどこか後ろ向きな光が射すことがあった。本当にごく稀だったが、まるで自分の暴力の理不尽を認めているような眼差しが、砂塵の上に転がるタダシに注がれた。

同じようなことが、ニンムスイコウのくだりを弟が唱えるときにもあった。たいていの場合、祖父は弟を褒めながら笑顔で褒美をやった。けれども稀に、祖父が顔をこわばらせたまま、口先だけで弟を褒めているように見えることがあった。その瞳には憂いの色が窺えた。

しかし、単なる気のせいだったのかもしれない。

——テンノウヘイカ、バンザイ。

弟が両手を挙げて洞窟に入ってくると、祖父はいつも嬉しそうな表情を浮かべ、孫を迎え入れた。それをまざまざと見せつけられて、タダシは平静でいられなかった。憎いと同時に羨ましかった。うまく甘えられない自分が情けなかった。

祖父の矛盾した表情は、もしかすると自らの願望が見せた幻だったのかもしれない。羨ましさのあまりそう見えただけだったのかもしれない。しかし、いずれにせよ祖父が死んでしまった今となっては、事実を突き止めることはできなかった。弟も、祖父が死んでからはそのような茶番をすっかり止めてしまった。すべては過ぎ去ったことだった。

現実には死にかけた弟が、洞窟の底で横たわっているだけだった。雨は依然として降り止まない。

*

どこに落ちたとも知れない雨粒の音が折り重なり、陰鬱な音を響かせている。それがこだまして、鼓膜を叩きつづける。

暗い考えばかりが次々と浮かんできた。体は小刻みに震えている。

弟の苦痛の叫びが、雨音を貫いて響きわたる。こだまするその声に合わせるかのごとく、蜘蛛の巣にかかった蛾が必死にもがいている。その妖艶な羽は逃れようとすればすれほど、ますます絡まるばかりだった。蜘蛛が一歩、また一歩とまがまがしい腹を前進させる。巣は風に揺れていたが、全く動じることなく、淡々と獲物に詰め寄る。黄と黒のまだらの腹から伸びた脚が、ためらうことなく蛾のその首へと掛かる。

松明が揺れて、弟の影がうごめいた。

――来るべきときが来たのだ。

体が顫動し、歯がぶつかりあってがちがちと音を立てる。弟の悲鳴が大きくなるにつれ、また小さくなるにつれても震えは激しくなった。強靭な肉体も、迫りくる恐怖の前ではなす術がなかった。ただ震えることしかできない。

死の気配を恐れて震えているのではない。タダシが絶望しているのは、これから先の自分自身を想ってのことだった。弟という存在を失ったあとの自らを想って震えているのだ。弟の死はすなわち、タダシ一人がこの島に残されることを意味する。絶対的な孤独。降りそそぐ雨が一音一音、耳に突き刺さる。たった一人、この勝手気ままな大自然と向き合っていかねばならない。稲光が、空の下のものに構うことなく跳梁し、雷雨を片時も忘れさせてはくれない。

たとえ、母が亡くなってから顔を合わせることがなかったとしても、この島のどこかで弟が生きているということは、図らずも、心にある種の張りを生み出していた。弟を憎む心が、知らず知らず生きる活力となっていた。その源泉が今まさに、それも唐突に失われようとしている。これからは想いを寄せる相手も、張り合う相手もなく、たった一人生きていかなければならない。タダシは、永遠にも思われる孤独な時間を想って恐怖した。

鳴り止まぬ雨の脅迫から逃れようと、一人耳をふさぐ。それでも雨は去らない。うち震える体の音と混じって、むしろ雨は不気味さを増す。

弟は死なない、きっと大丈夫と自分に言い聞かせる。それでも血の気は失せて戻ってこない。小さくうずくまった体が異常なほど震えている。

闇が絡みついて、体を撫でまわす。母の生を蝕(むしば)んでまで生きてきた弟が、自分一人を残して今さら死ぬはずがない。そう否定してみても、奥から立ち昇るうめき声は一向に鳴り止む気配がない。ふと、怒りに似た思いが込み上げてくる。

——なぜ自分が、自分一人だけが、こんな孤独な生を強いられるのか。

矛先(ほこさき)が定まらぬ思いが沸々(ふつふつ)と湧き上がって、さらに体を震え上がらせる。影に包囲された松明がめらめらと燃える。視線が、ふらふらとさまよう。知りつくした島でたった一人、——誰も、あの祖父でさえ、これほどの孤独を味わったことはないだろう。

岩壁はにらみつけても、押し黙ったまま灯りを受けているだけである。なぜ自分なのか。心は掻き乱れてやまない。目の端に、例の木板が映り込む。雷光がはっと飛び散る。

――なんとむごい仕打ちだろうか。

祖父にさえ共に逃げてきた人がいたというのに、タダシには誰もいない。すべてが自分を置き去りにしていく。あの弟でさえ。

――なぜ最後まで自分を苦しめるのか。

答えるものはなかった。ただ、叩くように鳴る雨に混じって、這いずり回るようなうめき声が洞窟の奥から聞こえてくる。怖気に襲われて震えた拍子に、宙を泳いでいた手が、壁を伝う木の根に触れた。それをぎゅっと握る。弟の叫びがひときわ大きくなった。体が一気に総毛立つ。

――すべては弟が生まれてから悪くなった。

そう思い到ったとき、矛先もなく浮き立ってまとわりついていた憤怒が、一つところへ濁流のごとく流れ出す。タダシははっきりと意識した。コウモリが数羽、耐えきれなくなって松明の灯に追われる。

――すべてはあいつが悪い。

死んで当然だ。叫ぶ心を止めるものは何もない。最後まで苦痛にあえいで、一人野たれ死ねばいい。長年押し殺してきた憤怒が、恐怖を遠く押しやる。雨の音が力強く生を鼓舞する。

気が付けば、木板の文字に目が留まっている。無機質な線の塊は、浜辺のあの情景を思い起こさせた。あの屈辱的な光景がよみがえってくる。沈む夕日のなかで、虐げられる己の姿が影のようにあった。そこに降りそそぐ眼差し。

いじっていた木の根を、ぐっと引きぬく。

——いや、野たれ死になぞさせてたまるものか。

うずくまる影が、すっと立ち上がった。

*

板を抱きかかえるように握りしめて、うめき声がする方へ歩み寄る。一歩、また一歩。代わる代わるに地を踏みしめる。逞しい体は、もはや震えてはいない。

十歩に満たないはずの距離を、まるで見咎める者がいるかのように抜き足で進む。一歩ずつ、一歩ずつ、じりじりと間合いを詰める。一歩ごとに、先ほどの決意がこみ上げてくる。弟をなぶり殺す——その決意が胸のうちを渦巻いていた。弟の死が避けがたい事実であるのなら、せめて最後の審判を自らの手で下す。それが憤怒の行き着いた終着点だった。雨の音がタダシを後押しする。重い木板をかかえ直した。また一歩、忍び足に近づく。

蠅が一匹、タダシの目を掠めていった。もう残すところ二歩ばかりだった。岩と闇にはばまれ上半身こそ見えなかったが、骨と皮の脚が蠅の巣窟になっているのがわかる。蠢く蠅の羽が不快な音を立てる。

ふと足が止まった。死の気配に群がる蠅を払うこともできない弟に、さすがに同情の念を禁じえなかった。一瞬決意が鈍る。ほんの一瞬。

すると、鈍い音と悲鳴が弟の体から上がった。脚が痙攣(けいれん)し、たかっていた蠅は一度四散して、またおめおめと舞い戻る。悲鳴はすぐさま細って止んだ。代わりにわずかに引いていた殺意が、再び湧き起こってくる。ついに踏み出す。そして最後の一歩、弟と対峙する。

タダシの緊張は頂点に達した。だが一瞬ののち、崩れ去った。決意をもって握りしめられたはずの手から、不意に板がこぼれ落ちる。弟の顔から鮮血が、ぴちぴちと溢れ出している。片手には、ところどころ皮膚がこびりついた、血まみれの石が握られていた。弟は既に自ら運命を決していた。拳三つほどあるその石は、あらかじめ用意されたものだったのだろう。痙攣する体は、まさに致死寸前だった。

おびただしい量の血が、白目を剝いた眼に流れ込んでたまっている。余程の決意で振り下ろされたに違いない。額は見事に割れ、頭蓋が落ちくぼんでいるのがわかる。

遅すぎたのだ。その手に握られた最後の憤怒のやりどころさえ、弟はあっさりと目の前で奪っていった。

タダシは駆け出していた。駆け出し、洞窟を飛び出していた。雨の降りしきる森を駆けずりまわる。彼は太陽の光を求めていた。全てを洗い流してくれる、絢爛たる太陽の輝きを。

*

視界を遮る雨は、その全盛よりは衰えていた。けれども依然、地には濁水が溢れかえっている。なんども濁流に足を取られる。地面もぬかるんで足元がおぼつかない。滑っては這い起き、また別の方向へと走る。枝が雨に紛れて、頬を裂く。転べば石が体を打ちつける。濁流に呑まれた虫の死骸や木の残骸が、転ぶたびに体を這いずる。それでも意に介することなく走りつづけた。頭上を暗い緑が、雨を滴らせて覆っている。

泥まみれの頬を打つ雨の勢いが、徐々に和らいでいった。タダシは海岸線に出ていた。雨雲の層が一段と薄くなり、体の芯を照らすような日の光が、その奥から透けている。

足もとに、海岸までたどり着いた泥水の流れを感じながら、太陽が完全に現れるのを待つ。空一面を灰色に覆っていた雲は、いくつかのうすい塊に分かれている。その一つの裏で、太陽が爛々と燃えている。雲の裏から太陽が立ち現われるのを、じっと待ちつづける。

そしてとうとうその片鱗が顔をのぞかせる。日の光が頬の雨を拭い去る瞬間が、もうすぐそこまでやってきた。瞼を閉じ、全身が日に包まれるのを待つ。雨雲はゆっくりと太陽のもとを離れていく。タダシとの間を遮るものは無くなりつつあった。日の光が、やんわりとタダシの体を抱擁する。

その時だった。ずっしりとした重みが脚に加わった。木の残骸などとは違う、確かな重みだった。

足元を見る。そして慄然（りつぜん）とした。それはタダシがもっとも愛したものだった。遺骸——濁流に押し流され、足元までたどり着いたのは、紛れもなく母の遺骸だった。頭蓋骨から生えた、白髪混じりの長い黒髪が、何よりの証しだった。雨は亡者の眠りさえ貪ったのだ。爛れた皮膚がところどころにこびりついている。あの優しい笑くぼの面影など、どこを捜しても見つからない。

その場を逃れようと、タダシは再び駆け出していた。行先はもう、どこにもありはしなかった。

＊

斜陽を浴びながら、洞窟のある岩崖の頂きで、タダシの体は生を放棄していた。太陽は、もう何の活力も与えてくれない。

タダシはすべてに裏切られていた。弟にも、自らの願いにも、そして孤独に耐えようとする自分自身にも。頼るべき寄る辺をすべて失ってしまった。今日、あの洞窟に行くまでは、確かに弟というつながりがあった。それすらも手のなかから零（こぼ）れ落ちた。

彼は腹を裂いた。

血に染まった祖父の日本刀が、傍らに落ちる。冷え切った表皮を、生温かい鮮血が覆っていく。もうすべては決したのだ。体から力が抜ける。だが、頭は奇妙に冴えわたる。赤い血だまりが徐々に広がっていく。

――弟が母の膣から産まれたように、自分もああして母から産まれたのだろうか。

眼に血の色が映り込む。この半分は、父の血だと母は言ったけれど、それは果たして本当なのか。疑う気持ちがあった。

タダシは、父と希薄な交わりしかなかったことに気が付いている。むしろ毛嫌いされて、避けられている印象さえあった。そして、あの日のあの眼差し。

今になって、これまで忌避してきた疑問をはっきりと意識する。

――自分は本当に、あの父親の息子なのだろうか。この流れ出る血には、本当にあの人の血が混ざっているのか。

しかしそれは、もう誰も語ってはくれないことだった。彼以外に生きる者がいなくなってしまった今となっては、絶対に知りようもない事柄だった。祖父の瞳の奥に隠されたあの狂気と同じだった。

祖父は何かを犯したに違いなかった。だがそれは語られなかった。真実を知った方がよかったのか、知らないままが幸せだったのか、それはわからない。けれど、たとえ語られたとしてもそれは真実だったろうか。タダシはもう一度問いを立てる。

——あの父が、本当の父なのか。

そうだと語ったのは、祖父らに過ぎない。結局何かが語られたとしても、それは生き残った者の口からでしかない。生き残った者だけが語ることができるのだ。そして今となっては語る者は誰もいない。

どうして今さら真実を知れようか。どれほど求めてみても、関与できないところで起こったことは見ることも、聞くことも、確かめることもできないのだ。

——それでも、自分は一人取り残され、そして誰かの血が体を流れている。

祖父が生き延びたことで、タダシは一人孤独を抱える運命になった。誰か別の父が、確かめることも会うことも叶わぬ父がいたにしろ、そうでないにしろ、体のなかには実の父の血が流れているのだ。それは動かしようのない事実だった。眼前にはただ、出来事の結果が現実となって広がっているだけである。この現実に取り残される限り、否が応でも背負わなければならない。誰がどう言おうと、どう思おうと関係なかった。タダシはこの現実を背負わされている。

――でも、もうどうでもいい、疲れた。

それが、明確に意識した最後のことだった。血も肉も骨も、いずれ消え去ってしまうだろう。この大自然の前では、すべてが虚しかった。憂いなどないに等しかった。それが通用するのは、人と人との間だけである。あと数刻もすれば、目の前にいる鳥が、腸を食いちぎるだろう。

どこからやってきたのか、横たわるタダシの前には一羽の真っ黒な鳥が、夕日を浴びながらこちらを見据えている。見たこともない鳥だった。どこか全く違う世界からやって来たのだろう。そしてタダシの体をむさぼったあと、その漆黒の羽を広げて、違う世界へと飛翔していくのだろう。

しかしそんなことは、もうどうでもよかった。タダシは目を閉じ、意識が遠ざかるのに任せた。

ただ鴉が、羽を繕いながら彼の死をじっと待っていた。

2

部屋にはパイプ椅子が敷きつめられ、たくさんの記者が、会見が始まるのを待っていた。額という額には大粒の汗が浮かんでいる。メラネシア特有の暑さと降りつづく雨による湿気のために、現地は茹(ゆ)だるように暑かった。その上、会見室の冷房の利きが悪く大人数がすし詰めにされていたので、室内の熱気は相当なものだった。ほとんどの者が、手に持った書類や手帳で顔を扇いでいる。

記者は日本のみならず、世界各国から集まっていた。褐色の肌も、白い肌も、黒い肌も入り混じり、世界の好奇の縮図といった状態だった。この事件に対する世間の注目の高さが窺い知れた。

現場に派遣された記者は皆、冷静というにはほど遠かった。不規則な生活がたたって、腹が突き出たベテランの記者たちでさえ、これから目の前で起ころうとしている一世一代の大事件に、浮き足立たずにはいられなかった。膝を揺すり始める者は後を絶たなかった。

彼らは「望月タダシ」が現れるのを待っていた。嵐での難破に備えて無人島の海岸近くに停滞していた漁船が、浜辺で逃げるように駆けていくタダシを見つけてからほぼ二週間が経とうとしている。その後、多くの記者が「望月タダシ」の像を好き勝手に描いた。それらは些細な異同こそあれ、大筋では変わらなかった。

彼は軍人であった祖父から、戦時下の思想をそのまま叩き込まれて育った悲劇の人物である。天皇陛下を崇めたてまつり、戦陣訓を心に抱いて日々生活した。それは、島で戦陣訓が書かれた木板が見つかったことや、その板が死を迎えた弟の傍らに、弔うようにして置かれていたことから容易に知れた。

また祖父が敵艦に敗れたことから、その海域の敵軍を恐れながらも、彼は日本軍の救助を心待ちに日々を過ごした。同時に、不用意に敵艦に見つからぬよう細心の注意を払った。近づく船があっても、日の丸の旗を掲げていなければ敵とみなし、去っていくのをじっと待った。そのために、現在に至るまで発見されなかったのであろう。しかし嵐で墓が荒れ、母の遺体が流出したため、それを探しに海岸線に出たところ、不意に現れた漁船に遭遇した。見知らぬ船を敵艦と誤認し、彼は洞窟まで撤退する。初めて間近で見る近代的な船を前に、戦況は圧倒的に不利と判断したからである。〝生きて虜囚の辱めを受け〟ないため、彼は病で死にかけていた弟に自決を促し、自らも覚悟を決めて岩場に登った。そして、まさに戦陣訓に忠実に死を図った。

　以上がマスコミの作り上げた「望月タダシ」の物語である。彼らはこの筋書きに何の疑いも抱いていなかったし、今のところ何ら矛盾を感じていなかった。ただ、それが状況証拠にしか拠っていないことにいささかの不満を感じていた。会見場にいるすべての記者が、自らの描く「望月タダシ」の裏付けを求めていた。

　あの若い記者も例外ではなかった。彼はともすれば、伝わっている情報から正しい「望月タダシ」をくみ取ろうとしている自分自身を見つけ、驚いた。ふと気が付くと他の記者と同様、彼に勝手な人物像を期待していた。何度もその像を振り払おうとしたが、気が緩むとまた想像が一人歩きする。そんな自分自身に苛立ちながら、望月タダシの口から、何かが語られるのを心待ちにしていた。

　彼もまた、会見室で他の記者たちと同じく、もうすぐ現れるはずの男を眼光鋭く待ち構えた。記者たちは、どんどん高まる会場の熱気にのぼせながら、会見の予定時刻はとうに過ぎているとぼやき始めていた。

＊

おぼつかない足取りで、タダシは廊下を歩いていた。患者服の胸元がはだけ、隆々たる筋肉が見えている。包帯を巻かれた腹部には二十針ほどの縫い傷があったが、傷口はもう塞がりかけていた。しかしその足取りは、逞しい体から切り離されたようにたどたどしかった。

——大丈夫ですか。

見かねた医師が声を掛ける。タダシは肯定とも否定ともとれない微かな返事を漏らす。

地に足が着いていない気がした。ベッドで目覚めてから、床の上を歩くのは初めてのことだった。少しも曲がったところがなく、不自然なほど直線的なこの廊下という道が、タダシの目には奇妙に映って仕方がなかった。あまりの不自然さに、踏んだ先から地面が崩れていくような気がしてならなかった。

病室にいたときも同じことを思った。意識が戻ると、見たこともない無機質な空間が広がっていた。まるで現実感がなかった。いくら時が経とうと慣れることはなかった。身に着けている服でさえ、肌になじまず、何度も脱ぎ捨てた。

部屋に置かれた小さな鉢植えが、一瞬タダシの目を引いたが、その花の奥に伸びやかに広がるものが感じられず、すぐに視線を逸らした。驚異的な回復を見せる体に反して、心は磨耗し、衰弱していった。何よりも困惑したのは、家族以外の人間が現れたことである。彼らは、タダシの腕を取って血脈を押さえたり、柔らかいもので体を拭いたりした。

唖然として事態が呑み込めずにいたタダシは、されるがままに任せた。初めて見る他人が敵なのか、味方なのか、全く判然としなかった。

白衣を着た一人の男に、耳から伸びた円盤をあてがわれた時、怒りが込み上げてこないでもなかった。槍を細くしたような、鋭い銀の棒が自分の腕に刺されていることに気付いた時、惨めさと共に憤怒が湧きあがってこないでもなかった。しかし、抵抗するには心が疲弊しすぎていた。この部屋の中では拳を挙げる気力は湧いてこなかった。結局されるがままに、部屋に閉じ込められて日々を過ごした。

島の生活を偲ばせるものは何もなかったが、唯一、部屋のあちらこちらに書かれた現地語だけが、どことなく祖父の文字を思わせた。しかし憔悴しきっていたためか、いくら記憶を手繰り寄せても祖父と弟の姿が浮かんでくるだけで、それより先へはたどり着けなかった。思い返される弟の眼差しや声が、また一段とタダシを疲弊させる。

——明日、キシャカイケンを開くのだが、出てはもらえないだろうか。

切り出した医師に、タダシがわかるように伝えようとする意志はなかった。意思疎通もろくに取れないこの患者を、日本語を話せるというだけで押し付けられたことに辟易としていた。タダシの方にも、わかろうとする意志はなかった。ただ、「出る」という言葉には心をくすぐる響きがあった。この場所を離れられるという発想は、疲弊したタダシの心を鼓舞（こぶ）した。そのまま二つ返事で承諾する。何か新しいことが起こるという期待が湧いた。

けれど部屋から出ても、そこには同じように無機質な廊下が広がっていた。今、その気持ち悪さを一歩一歩踏みしめている。どこまで行ってももう逃げられないのだ。窓ガラス越しに、飛び回る鳥を見ながら思う。

それでもなぜ歩を進めるのか。もはや自分でもわからなかった。ただ脇を固めた医師らが促すのに応じて前に進むだけである。はねのける元気も、理由もありはしなかった。

ようやく記者会見室の前にたどり着く。閉ざされた扉の前に、大きな垂れ幕が掛けられている。

——旧日本軍残兵の子孫、望月タダシの生還——

そう大きく銘打たれている。しかし、当のタダシ自身はその文字を読むことができなかった。その言葉が持つ意味も、そしてその呪詛の恐ろしさも、当人は理解していない。何の心構えもなかった。まさに備えもなく蜂の巣の中へ飛び込もうとしているのと同じだった。

先に会場に入っていった医師が、会見の開始を告げるのが聞こえた。すると右脇を荒っぽく抱えていた医師が、ためらうことなく扉を開けた。

＊

その瞬間だった。フラッシュの嵐がタダシを襲う。

彼の頭は、雷に打たれたかのように真っ白になった。微塵も予想していない事態に、全ての機能が止まったように硬直する。

何かしらの感慨を抱いたという点では、記者たちの方が先だった。フラッシュの嵐の中にたたずむ屈強な肉体は、本人の精神の混迷に関わらず、記者たちを感嘆させた。その肉体は贅肉にまみれた彼らとは、明らかに別世界のものである。ある者は憧れをもって、ある者は羞恥を抱いて、またある者は嫉妬に駆られてその肉体を見た。それぞれの思いでファインダーを覗きながら、シャッターを切りつづける。しかし、それだけでは満足できない。記者たちの関心は彼の精神的側面にこそあった。カメラが、一瞬間も撮り逃すまいと回りつづける。

当のタダシ本人は、怒濤の閃光を浴び、平常心を完全に失っていた。

その身に降りかかっていることは、経験の範疇の遥か外の出来事だった。どうしていいのか、全くわからない。パニックのあまり、意識が後退していきそうだった。

けれどもそのきわで、確かに感じ取る。何かを期待されているのだと。皆目、見当もつかない何かを。

まるで目隠しされたまま、綱渡りさせられているような錯覚を覚える。もし踏み外せば、自らの存在が逼迫するであろうことも、ひしひしと感じる。

次の一歩を出すべき場所をまさぐる。

――自分の生の存続がまさに今、この時この瞬間に賭されている。

そう強く意識する。必死に、何が求められているのか探る。しかし光が開いては閉じること以外に、見えるものは何もない。小刻みに震えはじめた頭で、死に物狂いで答えを求める。過去にさかのぼるしかなかった。それ以外にすべはなかった。

断片的に飛び出す記憶から、藁にもすがる思いで答えを得ようとする。そして、忘我のうちに叫んでいた。

――テンノウヘイカ、バンザイ。

自分の声に驚く。それは弟の茶番だった。子どもの戯れだった。祖父を喜ばせるための、単なる馬鹿げたお遊戯に過ぎなかった。

しかし、会場にいた他の者には全く別の意味を持っていた。それこそが、記者たちの求めた答えだった。その瞬間こそ、「望月タダシ」が生まれた瞬間だった。そして、彼らはそれを逃さない。

男の哀れな肉体に向かって、フラッシュが一斉に焚かれる。同時に、言い知れぬ満足感が、記者たちの心に広がる。あの若者の心にも。

それと共に、タダシの心は音を立てて崩れる。もはや弟は単なる憎悪の対象ではない。あの祖父の虐待は、別の意味を持ち始める。過去が一度に溶解し、鋳型に流し込まれたように変わっていく。弟は見習うべき模範へと変わる。

足の裏で地面を捉えながら、自分の中で起こっている、おそろしい熱変化を感じとる。心の変遷を、もう止めることはできない。

望月タダシは、フラッシュを浴びつづける。

部屋の外に、雨の降る気配はもう一向になかった。

氷の像

かつて、この世がある前に別の世界があり、そこにわれわれと違う民族が住んでいた。しかし、その世界を支える柱が崩れ、その民族を含めてすべてが壊滅した。世の中には何もかもなくなってしまった。

――イグルーリック地方・トゥグリクの話――

トゥニトは強い民族であったが、トゥニトより人口が多く偉大な祖先をもつ民族がトゥニトをその村々から追い出した。しかし、トゥニトは祖国を愛していたので、ウグリト（Uglit）という村から追い出された時、一人のトゥニトが村に対する絶望的な愛着にかられて、石を銛で打ちくだいて、石の破片が氷片のようにとび散った。

――イグルーリック地方・イバルアルッジュクの話――

ロバート・マッギー『ツンドラの考古学』

（スチュアート・ヘンリ訳）

＊1＊

ながく厳しかった冬が峠を越し、日脚も徐々に伸びはじめるころ、冬の安らかなる眠りと春の健やかなる目覚めを祈願して、パラカイ族は氷の祭典をひらくのを常としていた。

氷原で散り散りに暮らしていた一族は、冬将軍が末期の猛勢を見せるなか、寒さを防ぐために肌に塗ったアザラシ油の上を春の日が滑るのを感じると、犬橇（いぬぞり）を駆り立て、一路〈氷の丘〉を目指す。家族は小さな橇に折り重なるようにして乗り込み、頭でっかちになった橇はわずかな乱れで転覆してしまう。そのたび、父親が橇を立て直し、またすぐ犬を煽って走らせる。一家を乗せた橇は仲間の集う場所へ向かって、心もとない、それでいて不屈の滑走をつづける。〈氷の丘〉に辿り着くまでは蓄えだけで食いつなぐ。猟をする時間さえ惜しいのだ。彼らが橇を停めるのは、太陽が姿を隠す夜だけである。日が沈みきる前に雪の家（イグルー）を建て、アザラシ油のランプの傍でわずかな休息をとる。そして朝、再び犬を駆り立て、一家が乗り込んだ橇は目的の地へと向かう。

やがて、橇が〈氷の丘〉へ一つ、また一つと集まってくる。氷の大地の方々から駆けつけた人びとは、互いの無事を確かめあい久方ぶりの再会を喜び合う。到着したばかりのときには寒さで体がこわばり、頬には氷がこびり付いていたのが、仲間から抱擁を受けるうちにいつしか笑顔の皺で頬の氷はもみくちゃになる。

彼らはよく笑う――それもまたパラカイ族の特徴である。一度灯った笑顔はかげることを知らない。なかなか姿を見せない仲間がいても、彼らはにこにこしている。その身を案じはするが、いら立ちもしなければ別段悲しみもしない。姿を見せないのは、彼らが精霊の仲間入りを果たしたからに他ならず、憂うべきことは何もないのだ。一族の者は広場で顔を突きあわせ、かつての友が精霊になるまでにいかに壮大な冒険を繰り広げたのか、議論し合う。例えばこうだ。

アザラシにでも引き込まれて海に沈んでしまったのだろうか、とある者が言う。すると、いや違うと声が上がる。あいつはアザラシを釣るのがうまかった。そうだ、力はそんなに強くなかったが駆け引きがうまかった、と援護の声が飛ぶ。アザラシをなだめる唄だって大したものだった、あいつが歌い出すと、たちまちアザラシも言うことをきくようになった。そうだ、確かにそうだった。オレはあいつの虹の唄が忘れられない。思わず何度も聴き入ったさ。あの唄を聴いていると、まるで体のなかを虹が突き抜けたような気分になるんだ。たまに調子っぱずれになるが、本当に唄が好きな奴だった。そう。それに、あいつだけじゃない。あそこの家族は女房だって、子供だって立派な唄を歌ったよ。

そんな思い出を交わすうちに、次第に、彼と彼の家族が姿を現さない理由がはっきりとしてくる。それは次のような経緯(いきさつ)だ。

彼は、銛で突き刺したアザラシと一昼夜にわたって綱引きをしていた。彼は必死に唄を歌い、アザラシの興奮を鎮めようとしたが、アザラシは却って元気づき、何としても彼を海に引きずり込もうとした。するとふとした弾みで身体(からだ)からすっぽりと魂が抜け、彼の霊魂は人の千倍は重かろうアザラシの背に乗り、海水の代わりに歌で満ちた大海原へとたどり着き、そこで虹に唄を捧げようとしていた女神セドヌに出会う。そして、指だけでなく舌までも失っていた彼女の代わりに、虹に見事な唄を聴かせ、その楽園で永久(とこしえ)に過ごすことを許される。地上で父を探してさまよっていた家族とともに、彼はそこで毎日唄を歌い、幸せに過ごしているのだ。

人びとはその光景を思い浮かべ、笑顔をいっそう輝かせる。そうやって、姿を見せぬ仲間の分だけ話が綾なされ、人びとは凍てついた空想の翼をゆっくりと広げてゆく。それもまた祭りの準備の一環である。そしていつしか、祭りの日がすぐ目の前に迫っている。

前日、氷塊が折り重なっていただきを成している〈氷の丘〉へと彼らは集う。せめぎ合うようにしてぶつかりあった海氷が、隙間風の吹く氷のいただきを形づくっている。彼らはその氷塊をひとつひとつ切り分け、イグルーの立ち並ぶ麓まで慎重に運んでいく。セイウチの牙で作ったナイフに唾を伸ばして凍らせ、切れ味の増したその刃で、器用に氷を切り分け、氷の連なりから切り離された氷塊は、生まれたばかりの赤子のようにアザラシの皮でそっと包まれ、列をつくって並ぶ人びとの手によって、〈氷の丘〉を下山する。

列の両脇の大人たちは、慣れた手つきで皮の端を握り、一族の子どもたちは皮の下に潜り込んで氷を持ち上げる。彼らの手つきに、氷塊をぞんざいに扱う気配はない。ひとつひとつの塊に秘められた美しさを知っているからだ。掌の海をわたるうちに、氷塊は角が取れ、丸(まろ)くなってゆく。

麓まで運ばれた氷は、雪で固められた台座に載せられ、そこに馴染むよう、雪の綿が間に詰められる。氷塊の肩に積もった雪の粉を払う心優しい受け入れ主もいるかもしれない。そうして次々と運ばれた氷塊が、輪を成すようにしてイグルーの広場を彩る。今にも氷の踊り(アイス・ダンス)が始まりそうだが、彼らが躍動し始めるのはもう少しばかり先である。

日が傾くと、いつもは真夜中過ぎまで起きている人びとも、この日はすぐに寝床へ入る。家族はイグルーのなかで体をくっつけあって眠る。しかしふと気が付くと、そこに大人一人分の隙間がぽっかりと空いている。父親がそっと寝床を抜けだし、外へと出ていったのだ。その手には、セイウチの牙を研いだ愛用の道具が握られている。極寒の雪夜に外へ出ることは一歩間違えれば手足を失う、命がけの冒険である。けれど、この夜ばかりはそうも言っていられない。アノラックを羽織り、手先をこすりあわせながら戸外へと出てゆく。

夜とはいえ、外は存外明るい。日の名残りの散逸したあとの空に、オーロラが現れるからだ。イグルーの屋根や氷の大地までが、揺れうごく光の襞を照りかえしている。

その光に包まれ、父親たちは夜を徹して準備にいそしむ。広場に置かれた氷塊と向き合い、夜の静寂に妙（たえ）なる音を響かせる。珠のごとく澄んだ音、丸石を叩くような硬い音、金属を打ったような高い音、何かが砕ける鈍い音。オーロラの舞を彩るように、種々さまざまな音が鳴り響く。空に浮かぶ光の伸びやかな動きにともなって、氷塊と向き合う男たちの姿がまだらに浮かび上がる。男たちはノミを握りしめ、氷を衝（つ）いている。ノミを振るうたび、破片が地表に降りつもってゆく。

彼らは白い息を吐きながら、氷を打ち鳴らしている。それは鐘である。冬の終わりを告げる鐘の音である。男たちの一振りごとに氷が鳴る。冬に閉じ込められていた命がそのたびにふるえ、鼓動を伝える。時が経つにつれ音は澄み、清らかに響きわたる。

そしてささやかな音がひとつ、最後に鳴るともなく、そっとこぼれ落ちる。

準備は整った。日がそろりそろりと昇り、大地を茜色に染めてゆく。氷で彩られた広場が、その全容を白日の下へとさらす時が訪れる。寝床から起きだしてきた人たちは、わずか一夜にして立ち現れた情景に、朝の寒さを忘れたただただ立ち尽くす。あるいは、夢から覚めたばかりなのに目の前の夢の国にうっとりとまどろむ。

広場には凛然と輝く氷像が立ち並んでいる。氷の樹が生え、木陰には、幽玄な角を生やしたカリブーが佇み、小リスがその背中で戯れている。凍てつく波の上には、魚の群れが飛び跳ね、それを夫婦の海鳥が狙っている。白銀のオオカミが大地を力強く踏みつけながら遠吠えをあげ、その向かいにはホッキョクグマが子を守るようにして仁王立ちしている。それらすべてが氷でできている。ありとあらゆるものが、日の光に透けながら燦然と輝いているのだ。

パラカイ族の人びとは、その楽園で宴の限りを尽くす。太鼓が鳴りひびく広場で、人びとは唄を歌い、陽気に踊りまわる。氷の像に楽しんでもらおうと必死に唄や踊りを競い合い、はしゃぎ疲れると、今度は像を愛でてまわる。秀麗な像の前では立ち止まり、その氷の像が持つ甘美な物語について皆ではやし立てる。氷像の持つ物語は、居合わせた顔ぶれによって、またその時々に鳴りひびく音楽によって異なる色合いを帯びる。一度っきりの物語が紡がれ、また別の像の前で違う物語が編まれていく。その脇で、道化者が転げまわり、観衆を嗤わせている。姿が見えない男と女もいる。子供たちは無邪気に駆けまわり、氷柱を武器に氷の国で大冒険をくりひろげる。時には、大人が悪役を買って出ることもある。大人しい女の子たちはお気に入りの像を見つけて、氷の花で周囲を飾り立てる。

そうしている間にも、氷の楽園は刻々と姿を変えてゆく。高くたかく日が昇るにつれ、氷像は溶けだし、水滴が氷の面（おもて）を伝ってしたたり落ちる。氷像は溶けだすほどに、その美しさを翻し、祭典は異なる姿を見せる。日の跳ねまわる様ひとつ取っても、定まることを知らず、喜び跳ねる光があれば悲しみさけぶ光もあった。一刻として同じ美が保たれることはなく、時には大きな氷塊がその体から切り離され、崩れおちる。楽園は徐々にその力を失い、日常の姿へと戻ってゆく。

多くの美がしずくへと移ろい、変り果てた氷像の骸（むくろ）だけが残されるころ、祭りは最高潮（クライマックス）を迎える。

広場の中央には、はるか南方から運ばれてきた命の樹（レッドシダー）が櫓のように組まれ、人びとはその冬余ったアザラシ油をそこにたっぷりと注ぎこむ。そして、春を呼ぶ焔が解き放たれるのだ。生き生きとした輝きが、人びとの眼窩（がんか）を彩る。人びとは燃えさかる焚き火を取りかこみ、人類が手にした最大の叡智に眺めいる。彼らの感情を代弁するかのように熱が辺りを伝ってゆく。

しかし、彼らの瞳に満足の色は見られない。まだ足りないのだ。これしきのことでは、宴から日々の暮らしへと回帰することはできない。まして冬を眠らせ、春を迎え入れることなど到底できない。

彼らは待っている。〈供物（くもつ）の像〉が運ばれてくるのを焚き火を囲みながら心待ちにしているのだ。そして、この日現れたどの瞬間の、どの像よりも美しいことを宿命づけられた氷の像が、気焔を吐く炎のなかへ投げ込まれ、祭りの終焉と日常への回帰を告げる煌めきが炎のなかから立ちのぼるのを人びとは待ち受けている。

彼らの楽園への憧憬を抱いて燃える〈供物の像〉、その氷の像を任される者は、パラカイ族の期待を一身に背負うことになる。粗末な像は許されない。もし生半可な出来であれば、人びとは日々の軌道へと回帰できず、次の冬が訪れるのかどうか暗澹たる気持ちで春を過ごさねばならない。ゆえにその任には、一族のなかでも、もっとも腕の長けた者が選ばれる。〈祭典〉が終わるとすぐにもっとも優れた像を彫ったのが誰なのか詮議され、翌年の祭りの〈ピョリッヒ〉に選ばれる。その者はあらゆる労役から解放され、次の〈祭典〉までひたすら氷像の――つまり〈供物の像〉の創作に専念することが許される。

ピョリッヒは特別な存在であり、一族の誰しもが憧れる存在であった。今を満たし、先を占う夢の奉仕者である。そのピョリッヒの任に半生を越える歳月に亘（わた）って、就きつづけた一人の男がいる。彼は歴代のピョリッヒのなかでも、もっとも優れた技を持ったとされる。そして、わたしが愛してやまない人物でもある。数多（あまた）あるピョリッヒの伝説のなかから、今日は稀代のピョリッヒ、シャウルルルーの物語を語ることにしよう。

＊2＊

大叔父（アータタツヤック）は、深く、遠くまでよく通る声でそこまでを一息に物語った。もはや何度も語ってきたためか、言葉は流れるように口をついて出た。豊かな河のように淀みなく流れ、まるでその細部にまで命が宿っているように感じる。昔と同じ語りぶりだった。パラカイ族の祭りの話、そしてシャウルルルーの物語はずっと以前に聞いたことがあったが、初めて聞くような新鮮さがあった。そう感じたのは村の小屋ではなく、市内の病院で話を聞いているからかもしれない。大叔父は見慣れたアノラック姿ではなく、病衣を着ていた。口から衝いて出る言葉の揺るぎなさとは正反対に、大叔父の身体は弱々しくやせ細っている。

彼が航空機でバンクーバー市内に運ばれてきたと知った時には驚いたが、心臓がだいぶ悪くなっていたのをずっと隠していたらしい。大叔父と会うのは私が村を出てから初めてのことで、ほとんど十数年ぶりのことだったが、大叔父の姿を見て再会の喜びよりも憂いが先にこみ上げてきた。

私が村を出てからの大叔父の消息は、両親からそれとなく聞いていたがあまり良い話はなかった。村を訪れた観光客にたびたび暴行を加えようとしたとか、衰弱死した西洋人の死体が彼の家から出てきたとか、にわかには信じがたい話が多かった。娘を取られた腹いせだったのかもしれない。大叔父には娘が一人いた。娘といっても大叔父とだいぶ年が離れていて、孫といってもおかしくない年齢だった。彼女はイギリス系カナダ人の男性と結婚して生まれ故郷を出、二人の子供を産んだ後、結局離婚してしまった。彼女の酒癖の悪さが原因だった。手元にお金さえあればアルコールを買って飲もうとした。私が小さかったときには飾らない笑顔が素敵な女性だったが、市内で再会した時にはふくよかになった顔に始終困惑気な笑みを浮かべていた。今日もその笑顔を浮かべながら、病室で大叔父の身の回りの世話をしている。

彼女の子供たちは、ゲーム機を取り合って遊んでいる。母親の今の体型とそっくりなケヴィンは、四六時中何か喋りながらゲーム機をいじっている。取り合いになると、いつも体の大きいケヴィンが勝ってしまう。小柄なアレンは兄が飽きるのを辛抱づよく待っている。ゲーム機のなかに入っている本の続きを読みたいのだ。アレンは時おり顔をあげて、長くのびた栗色の前髪の奥からブルーの目をのぞかせ、見慣れぬお祖父ちゃんを恥ずかしそうに見ていた。

相部屋の他の病人たちが見舞客と銘々(めいめい)に喋っているのとは対照的に、大叔父は再会の挨拶の後は時おり私の顔を眺めるだけで、ほとんど何も話さなかった。私は久々に大叔父の語りを聴きたくなったので、何か話してくれるようにせがんだ。そして、大叔父は少し呼吸を整えた後、遥か(ワンス・アポン・ア・タイム)はるか昔の物語を語りはじめてくれた。

病室のなかで、大叔父の語りに耳を傾けているのは私だけだった。けれど大叔父は気に留めていなかった。イグルーのなかの、まるでランプの灯りのもとで聞いているように、大叔父の言葉はしんみりと響いた。大き過ぎず、小さ過ぎず、イグルーにつめかけたすべての聴衆にしっかりと届かせるかのような声量で、言葉は発せられた。

聴いているのが私だけだというのは奇妙な感じがした。あるいは大叔父には別の聴衆が見えていたのかもしれない。だとしたら、パラカイ族である。彼らが黄泉の国から這い出し、シャウルルルーの物語を求めて大叔父を取り囲んでいるのだ。ならば、その輪に私はそっと紛れ込むことにしよう。

そんな私の思いに構うことなく、大叔父は話を続けた……

稀代のピョリッヒ、シャウルルルーの物語は、揺らぐことのない魅力に満ち溢れている。孤高の生涯、趣向を凝らしたさまざまな氷の像、パラカイ族にもたらした数々の変化、そしてその最期。すべてが冒険に満ちている。どれか一つを取りだしてみたところで、優に一夜は語り明かすことができるのに、彼の生涯にはそれらが平然と一緒くたになっている。

それが明るい調べであるか否かは問うまいが、彼の起こした奇跡の数々に心を浮き立たせずにいられる者などいるはずがない。かくいうわたしもシャウルルーを愛する者の一人である。彼の物語は昔から多くのことをわたしに教えてくれた。彼の生きざまとその卓越した技は幼心を否応なしに揺さぶり、目覚めたままに夢を抱く術をわたしに教えてくれた。

わたしは冬が待ち遠しかった。白銀の世界は、シャウルルーが生きた世界であり、容赦なく這い寄る冷気はシャウルルーを身近に感じさせてくれたからだ。雪を巻きあげながら吹きつける風は、彼の魂の残響のように思われた。その銀世界でわたしは伝説の人、シャウルルーに成りきり、氷と戯れたものであった。何もわたしだけでない。かつては誰もがシャウルルーに憧れ、彼を夢見ていた。

シャウリーあるいはシャウルルック、なかには彼のことをそう呼ぶ者もいたが、パラカイ族はわたし達とは異なる太古の一族であるから、聞き慣れぬシャウルルーという響きこそが正しいに違いない。思えば、彼の名はパラカイ族とともに消え去ることもできたはずである。しかし、シャウルルーの名は人びとの口を借りて生き続け、生きて出会うよりも遥かに多くの人から尊ばれることを許されたのである。

彼の物語は人びとの心を惹きつけてやまない。彼の起こした奇跡はまさに枚挙にいとまがない。だが慌てることなく、まずは彼が作った像をいくつか見、その卓越した技を眺めることにしよう。一度にすべてを見ることはできないのだから、まずはシャウルルーがはじめてピョリッヒに選ばれた年の話、つまり一族のなかでもっとも優れた像を彫った年の出来事からシャウルルルーの物語を始めることにしよう。

〈祭典〉の前日、人びとはシャウルルルーが〈氷の丘〉から選んだ氷を遠巻きにして、はにかむような笑顔を交わしていた。彼がその氷塊をどうしようというのか、皆目見当がつかなかったのだ。

シャウルルルーが選んだのは普通の倍はあろうかという大ぶりの氷塊だった。しかも一つではなく、同じ大きさの氷塊が三つもあったのだ。それらが頭と底を平らにして重ねあわせられ、広場に立っていた。積み上げられた氷は、雪原に聳え立つ石標のイヌクシュクを思わせたが、傍目からはいたく不安定に見え、夜を越してもそこに立っていられるようには思えなかった。

けれど、その氷塊を選び取った当のシャウルルルーは、至って平気そうな素振りをしていた。涼しい顔で氷と氷のつなぎ目に雪を摺り込み、陽が沈むのを待っていた。そして空にオーロラが広がると、広場じゅうに氷を打つ音が響きわたった。人びとはシャウルルルーの氷のことなど忘れ、祭りの準備に没頭した。

翌朝、朝日が昇ると、誰もがシャウルルルーの氷塊のあった場所に目を惹きつけられた。昨晩のあの不恰好に積み上げられた氷塊に代わって、そこには天を突き刺さんばかりに伸びあがった命の樹が、朝日に照らされ輝いていた。雪に根を下ろした氷の大木、その幹からは、氷柱のように繊細な枝が細く伸び、空に線を散らしていた。空からは時おり雪がはらはらと降ったが、枝は雪の重みで折れることもなく柔らかくしなって、時の移ろいにだけその身を委ね、姿を変えた。

雄大さと繊細さ、その両者がこれほどの次元で備わった像は、かつて存在したことがなかった。それどころか、樹を象った像すらシャウルルルーの以前にはなかった。はるか南にまで下り、その生きた姿を目にした者は数えるほどしかいなかったのだ。まさに冬の世界に春が生きる姿を象った像を見上げながら、人びとは静かな興奮を覚えずにはいられなかった。異論を唱える者もなく、シャウルルルーはピョリッヒに選ばれた。

翌年、一族の者は、こぞってシャウルルルーの像を真似た。広場には氷結の森が現れ、太陽の光を絡め取った。彼らが彫った像はシャウルルルーのものと比べるべくもなかったが、それでも氷の森のなかで、人びとは木々から滴るしずくを頬に受け、嬉々として笑いあった。

森の中心ではたき火が焚かれ、〈供物の像〉を捧げるときを迎えた。前年、誰も挑んだことのない巨大な氷塊を扱いながらも、ざらつく樹皮まで見事に体現してみせた男が、今度はどのような夢を運んできてくれるのか。氷の森の下で、人びとは胸を高鳴らせながら〈供物の像〉

の姿を予想しあった。

人びとの夢を満たすことはできても、夢を抱くという行為が止むことはない。人びとの想像を一たび越えた者は、さらに次を求められる。それはピョリッヒが背負う宿命と言える。

もし人びとの欲求を満たせなければ、その者は容赦なくピョリッヒの座を追われる。ピョリッヒでいられなくなる――それは単に〈供物の像〉の役目から外されることを意味するのではない。人びとの期待を裏切ったからには、それ相応の報いを受ける。ピョリッヒの座から降ろされた者は、次の祭りまで死んだ者として扱われる。人びとの輪に加わろうといかなる発言も許されず、ただただ笑っていなければならない。そこに居ながらも、無き者として扱われるのである。そして明くる年、新たな像を彫ることで、再びその存在を認められるようになる。それまでは家族ですら、彼に言葉を掛けることはない。それほどに人びとの〈供物の像〉に対する思いは強いのだ。

シャウルルルーが制裁を恐れていたかはわからない。しかし彼がさらされていたのは、人びとの剝き出しの好奇心に他ならなかった。それは自らの腕を頼みにする者にとって、嘘偽りのない審判者である。氷の樹から滴るしずくたちが地を打つごとく、人びとの心は期待にざわめき立っていた。彼らは焚き木に火を放ち、シャウルルルーを待ち受けていた。

もう間もなくである。シャウルルルーの新たな像が運ばれてくる。そう思うだけで、嬉しさに人びとの頬は緩んだ。

　すると、輪の一端から歓声が上がる。族長の姿が見えたのである。けれども、何やら様子がおかしい。彼が曳いてくるはずの〈供物の像〉はおろか、それを載せるための橇すら見当たらなかった。族長はまったくの手ぶらだったのだ。

　まさか、彫り損ねたのではあるまいか――、人びとに動揺が走る。

　族長と、そのあとに従ってシャウルルルーが、ざわめきの輪に入ってくる。二人はゆっくりとした足取りで人びとの輪をめぐる。〈供物の像〉は見当たらず、代わりにピョリッヒが現れる――例のない事態に、人々は困った顔で笑うしか仕方がなかった。だがシャウルルルーはどこ吹く風と言わんばかりに堂々と、そして慎重に足を運んだ。その両の手は何かを包み込むように重ねあわされている。焦点の定まらぬ衆目も、次第に彼の手へと視線を向ける。その手の内で、何かが動いたように見えた。

　輪をぐるりと一周すると、シャウルルルーは焚き火の方へ歩み寄った。そして炎の熱がたゆたう中空へおもむろに両手を伸ばし、その掌をひらいた。彼の掌のうえには、羽ばたく小さな命が載っていた。ハチドリである。まるで空で羽ばたいていたとき、氷の息吹を吹きかけられてそのまま凍てついたような姿で、ハチドリが掌のうえに載っていた。

　その極小の美を人びとに掲げたあと、シャウルルルーは供物を待ち受ける焚き火へとハチドリを解き放った。刹那、息を吹きかえしたようにハチドリは羽ばたき、熱気に追いたてられ、人びとの感嘆の念だけを置き去りにして空へと立ちのぼって消えた。

明くる年、広場に立ち並んだ氷の樹には、無数の小鳥が宿り、氷の歌を奏でていた。……

シャウルルーの技は人びとを虜にし、その後も人びとに多くの感動をもたらし、〈祭典〉には変化が起こった。以前には彫りたいものに、それとなく形を似せただけのぼんやりとした姿の像が多かったのが、人びとがこぞってシャウルルーの彫る像を模した結果、いつしか〈祭典〉に立ち現れる氷の像は自然の似姿としての精巧さが競われるようになり、果てには生命の躍動さえ感じられるものに変わっていった。

もちろんシャウルルーは、それらの像に後れを取ることなく、むしろ人びとの期待を超える〈供物の像〉を彫りつづけた。彼が創造した像は多岐にわたる。〈供物の像〉は生き物を象ったものに限られていたわけではない。厚さの異なる、平らな氷を組み合わせ、焚き火へ虹の橋をかけたこともある。燃えさかる炎の上に、虹の雨がしとしとと降るのを、人びとは恍惚として眺め入った。虹から滴ったしずくは炎に触れて激しい音を立てた。

巨人族の腕を切り落とし、炎に炙ったこともある。人の頭など、造作もなく握りつぶせそうな大きな氷の掌に、観衆の心は鷲掴みにされた。筋骨たくましい上腕は汗をかいたようにうっすらと濡れており、その先からは透明な血が滴り落ちていた。どれほどの巨体がその腕の先に付いていたのか。人びとは想像を掻き立てられ、明くる年、巨人を発掘しようとして我先にと氷塊に挑んだ。

そしてある者は、眠りを妨げられて怒り猛った巨人族の生首を氷の中から発掘し、ある者は人の体ほどもある巨人の足を見つけた。しかし、丸々一体の巨人を見出すには、一人の手によって自由になる氷塊はあまりに小さすぎた。家族の男手で手伝い合うにも、限界があった。本願を遂げるためには、家族の壁を越えて協力し合わねばならなかった。そうして、パラカイ族のなかに巨人族の氷像をつかさどる集団が生まれ、一つの氏族が形成されていったのである。彼らは、イヌクシュクにも勝る丈を持った見事な巨人を彫りあげた。そして〈祭典〉終焉の間際には、巨人は音を立てて雪原にくずおれ、人びとがその上に乗って驚喜しあった。

次々と新しい出来事をもたらすシャウルルーへの尊敬と羨望のまなざしは、年を追うごとに自然と強まっていった。けれどそれとは対照的に、シャウルルー当人について人びとは一向に理解を深めることができなかった。子供たちは雪原をわたり歩く彼の跡をつけ、その秘密を探ろうとしたが、ひたすら歩くばかりで、一向に像を彫る気配がないシャウルルーにあっさりと根負けして、他の遊びを始めた。

どうやってシャウルルルーが今ほどの境地に達し、どこから像の発想を得ているのか、人びとにはさっぱりわからなかった。それを知るためには、少し時を遡って語り直さなければならない。彼が何を糧に生きてきたのか、今少し振り返ってみる必要がある。

彼の半生を語る上で何より忘れてはならないのは、笑顔を絶やさぬパラカイ族として生まれながら、シャウルルルーは生まれつき笑うことができなかったことである。

＊3＊

大叔父が一息吐く。疲れたというわけでなく、シャウルルルーの過去が浮かんでくるのを待っているかのようだった。

病室ではケヴィンが相変わらず退屈そうにゲーム機をいじりながら、いつになったらハンバーガーを食べに連れていってくれるのかと母親に訴えかけている。それを条件に、しぶしぶ見舞いに付いてきたのだ。日ごろ、母親は彼のお気に入りのハンバーガーチェーンにあまり連れていってくれない。アルコールを置いていないからだ。ケヴィンは近ごろ、一人で#1のセットメニューをたいらげられるようになってご機嫌である。

アレンはいつの間にか私の隣に来て、パラカイ族の輪に加わっていた。大叔父がようやく顔を上げた。どうやら準備が整ったようだ。シャウルルルーの物語が再開される。

無邪気に笑う子供たちのなかから、幼いシャウルルルーを見つけるのはたやすかったであろう。いやわざわざ探そうとしなくても、自ずと目についてしまったに違いない。

シャウルルルーは、誰しもがそうであるように遊びや世界とのふれあい方を兄や姉から学んだ。兄弟と一緒に雪をかけ合ってはしゃぎ、吹雪いて外に出られない日にはカリブーの角とセイウチの牙で作ったけん玉を見よう見まねで覚えた。けれど、いくら真似ようとしても、笑い方だけはうまく真似ることができなかった。

いや、笑うどころか表情ひとつ変えることができなかった。産声をあげたときも、イグルーの氷の壁には泣き声が反響しているのに、赤子の頬は微動だにしていなかった。赤子は氷のように冷たい表情を浮かべていた。

その表情とは裏腹に、何にでも興味を覚える活発な子だった。誰かが何かをはじめると、すぐに傍に寄っていって交じろうとした。イグルー作りの手伝いも、物心がつくまえに始めていた。小さな掌は父親が氷を押さえている間に、氷と氷の隙間に雪を塗りこんで屋根を固めていった。イグルーのなかで姉や兄にとりあってもらえずとも、一番最後まで仔犬とじゃれ合って遊んだ。弾んだ声だけ聞くと、笑顔で犬と戯れる子供の姿が目に浮かんだが、黄色(おうしょく)の小さな面(おもて)は、やはり凍てついたままだった。

氷のように凍てついた面(おもて)が、人びととシャウルルルーの間にどのような距離を生んだか、多くを語る必要もないだろう。誰とでもすぐに交わろうとする子供だったとはいえ、シャウルルルーは仲間に入れてもらえないことが多かった。パラカイ族は、わたしたちと同じように、家族や親類の次に友愛を重んずる一族だったが、それは「結ばれた友愛」に対してであり、シャウルルルーのような場合は別である。子供たちはむろん大人たちを含め、対処する術を知る者はいなかった。やがて声までが表情を失い、パラカイ族の社会に広がる無邪気さとは異なる感情が、シャウルルルーのなかに静かに蓄積されていった。

進展のない彼らとの交わりよりも、父親が狩りへ連れていってくれるようになったことの方が、この頃のシャウルルルーにとってははるかに重要な出来事だった。子供を狩りへ連れ出すことは別段珍しいことでもなかったが、物心がつくにつれ、活発でなくなるシャウルルルーを見兼ねて、父親が連れだしたのだ。

シャウルルルーにとってもそれはありがたいことだった。自分が気味悪がられる場所にいるよりも、狩りに赴くのを好むようになったのは自然な心の動きであろう。冬にはアザラシを獲り、温かくなる頃にはライチョウ狩りに励み、また冬に駆け込む頃にはカリブーを狩った。シャウルルルーを見ても振る舞いを変えることのない動物たちの相手をするのは気分がずっと楽だった。

狩りの興奮も覚えた。好機が訪れるのをじっと待つ間の焦燥と落ち着きが混じりあった奇妙な高ぶり、そのあとにやってくる一瞬の生命の贈与の感覚、身体を貫く充足と感謝の念はシャウルルルーにとって何物にもまして確かで疑いのない真実なものに感じられた。〈祭典〉のための材木を伐りに南方へ下り、ハチドリや生きた森を見たのもこの頃のことである。

集落の外での営みこそが、彼の生の寄る辺となっていった。けれども、動物たちを前にしてなお、彼は異質なものを感じるときがあった。致命傷を与えたアザラシを、他のアザラシたちが取り返そうと戻ってくるのを目にすると、パラカイ族のなかでの自分の立場に想いを馳せざるを得なかった。自らの命を顧みず、仲間を救出しようとするアザラシほどにも自分は人びととつながりを持っていなかった。群れに置き去りにされるカリブーの亡骸に自分を重ねる方がむしろたやすかった。それゆえ獲物をうまく仕留めることができたからといって、父親や他の大人たちのように晴れ晴れとした気持ちにはなれないときがあった。

そんなときには、物言わぬ氷を相手に気を紛らした。氷を彫るための道具を兄が譲ってくれたことも大きかった。本当は父親が兄のために作ってくれた道具だったが、氷を彫ろうとすると、弟があまりにしつこくまとわりつくので見返りもなしに譲ったのである。それはシャウルルルーにとってかけがえのない出会いとなった。

集落にとどまっている間、他の者たちと言葉を交わすより、雪や氷を相手に時を過ごすことが次第に増えていった。はじめは氷の上っ面をなぞり、雪を気の向くままに集めて形をつくり、最後には好き勝手に打ち砕いた。雪や氷はシャウルルルーを拒むことなく、彼の思いに静かに寄りそって形を変えた。狩りとは逆に、手には冷たさが残ったがそれは世界を創造する代償であり、シャウルルルーには心地よくさえあった。

しかし氷の側にしてみれば、シャウルルルーは身勝手な暴君の姿をしていたに違いない。思いの丈のはけ口として切られ、彫られていた氷の像が、特別優れていなかったことは、この頃の彼を誰も気に留めなかったことからも明らかである。その頃にシャウルルルーが彫った像は、人びとの心を圧倒するだけの力をまだ備えてはいなかった。


転機が訪れたのは、一族の大人として認められてずいぶん経ってからのことで、すでに一族の掟で割りふられた配偶者もいた。

シャウルルルーは、氷を切り取るためのスノーナイフを氷そのもので作ろうと、ほとんど一冬を費やし試行錯誤していた。来る日もくる日も氷をうすく研いだが、ことごとく失敗に終わった。研げば研ぐほど、氷のなかで小さな気泡が弾けて、それまでの努力が水の泡に帰してしまった。

それでも自分と氷をつなぐ絆を確かめるように、ひたすら氷にむかった。いつしか〈祭典〉も終わり、季節は春へと転がり始めていた。

気泡が三つ、重なるようにして、ふわりと弾けたときだった。シャウルルーははっきりと悟ることができた。物言わぬ友にも魂が宿っているのだ。なりたくないものにはなりたくない。初めて聴こえた、氷の声だった。これまでも聞こえていたのかもしれないが、耳を傾けたことがなかった。自分が語ってばかりだったということに今さらのように気がついた。これまで氷をどれほど無造作にあつかい、傷つけてきたことか。

その冬、シャウルルーはそれ以上氷を傷つけず、じっと氷の声に耳を澄ました。徐々に姿を消してゆく、もろい氷の発する惜別の声を最後の最後まで聴いていた。

彼らの姿が見えない間も、海を眺め、再会のときを心待ちにした。別離は想いを強くした。シャウルルーは一心にそのときを待ちつづける。集落にとどまろうと、狩りに赴こうと、冬の姿を探した。人びとと言葉を交わすこともほとんどなかったシャウルルーは、その心を人知れず冬に捧げていた。

次第に、海がかたまりはじめた。波頭から投げだされたしずくが凍りつき、着水したその氷のつぶてはともがらを求めて波の谷間をただよった。あるいは、海にたゆたっていた流木や渡り鳥の羽根が波をかぶり、冷たい夜気をくぐるうちに氷の膜が何層にも張り、ぶ厚い氷塊になって海に氷の領土を増やしてゆく。その頃になると、氷の張る音が冬の足音のように海から聞こえた。

シャウルルーは冬が出来あがってゆく様をじっと眺めていた。消えていった掌の感覚をできるだけ早く取り戻そうとアザラシの皮の手袋もなかなかはめずにいた。そうこうするうちに、渡り鳥が姿を消した空に雲がたちこめ、地上を駆ける風は雪煙を巻き上げるようになった。

シャウルルーが氷の肌にノミをあてたのは、冬がずいぶんと深まってからの頃だった。氷の実が充分にみのるのを待っていたのだ。かつてのシャウルルーであったなら、まだ身が引きしまっていない氷塊へ好き勝手ノミを突き立て、手慰みにしていたことだろう。氷がもろく砕けることなどかまいもしなかった。だがこの冬は、ごろごろと転がる氷塊に耳をそばだて、彼らの声に聴きいった。どの氷が彫られるのを待っているのか、その氷塊は熟しきっているのか。それまでぼんやりとした感覚で捉えていたものに、いま一度神経を払った。けれど、氷の声が淡いからか、それとも囁くものが多すぎるからか、初めのうちはうまくいかなかった。思いが先走り、空回りしたせいもあるだろう。

失敗を繰り返すうち、シャウルルーは氷から立ちのぼる魂の尾を捉えはじめた。幻影の尾は、ややもすると掌をすり抜けていったが、そうなれば一からやり直し、氷と向きあってその所在を探りあてようとした。その年、シャウルルーが〈祭典〉までに完成させた像は、わずかに四つを数えるだけだった。

〈祭典〉の始まる間際、彼は力強い波浪を氷のなかから削りだした。決して目新しい像ではなかった。けれど、海水からできた氷は、たとえ凍りつこうともその猛々しさを失っておらず、豪快にうねった。これまで彫った像とは明らかに出来栄えが違った。傍らには、波に負けじと跳ねる魚たちの姿もあった。あるべき姿にもどることのできた氷は、ひときわ伸びやかに太陽の光を照り返し、雪原で煌めきを放った。通りがかった者は思わず足を止めて像に見入った。冬の海を見つけた子供は、仲間を集めて波のなかを駆けまわった。シャウルルーは満ちたりた気持ちで、その光景を眺めていた。ようやく確かな感触を摑むことができた気がした。

パラカイ族が〈氷の丘〉へ移動をはじめたとき、シャウルルーの神経はこの上なく研ぎ澄まされていた。氷から伝わる声をはっきり聴きとることができるようになっていた。それゆえ、

〈氷の丘〉へ辿りついたとき、彼は思わず立ち尽くしてしまった。〈氷の丘〉の積みあがった氷塊群があまりに美しい調べを奏でていたからである。

洗練された音とその豊かさに魅了され、シャウルルルーは氷の調べに聴き入ってしまった。楽しげに跳ねる音、やさしく手招きする音、威嚇する音。ほかにも氷の衣をもっと着込もうと必死になっているものや、じっとしているのに疲れ果てて息絶えているものもいた。それら囁くように漏れた音、それでいてはっきりとした調子をもった音は、お互いに反撥もせず、水がしみわたるようにシャウルルルーの心に響いた。彼はその時、この場所が〈氷の丘〉として選ばれた理由を今さらのように諒解することができた。

その音の森に踏み入り、音の源を訪ね歩くことは非常な歓びであった。それまで、雪原を歩こうとも風に乗ってかすかに届く声の主を訪ね歩くことを繰り返してきたシャウルルルーにとって、彫られることを待ちうけている氷がずらりとならぶ〈氷の丘〉を散策することは、この上なく心弾む出来事だった。

だが、夢のような境遇に酔ってばかりはいられない。音の源を訪ね、氷の状態をひとつひとつ確かめてゆく。シャウルルルーが手にすることのできる氷塊は、いや、手にすべき氷塊はひとつだけなのだ。いかに彼であっても、氷の丘すべてを相手にはできない。

雪が舞うなか、彼は氷の丘を丹念に歩いた。連なってできた氷塊群とはいえ、それぞれ硬さも異なれば、透明度も違う。そのひとつひとつを確認し、自分の手にすべき氷塊を捜し歩いた。

ふと、シャウルルーは足を止める。

決して大きな声ではなかった。美しい音色でもなかった。うっかりすると聞き逃してしまいそうな、無粋な音だった。しかし、深い海のような不気味さと幽玄とが、音の底にたゆたっている気がした。いや、深い海の底に、日の出の光が沈んでくるような冥(くら)さと耀(あかる)さが、混然と混ざり合っていた。不思議と忘れられない響きだった。体の奥底で、遠く古い記憶がゆさぶられるような感覚を覚えた。

声の在り処をたずね、〈氷の丘〉を歩き回ったが、すぐには所在をつかめなかった。澄んだ声を発する他の氷に、ややもすると霞んでしまいそうだったが、その音を一度聞いてからは、他の音が物足りなく聞こえた。どの音も、またそれらが合わさった音調も、鳴くように漏れたその音の豊饒さにはかなわなかった。けれど、こちらがすくい取ろうとすればするほど、氷の音は零れ落ちていった。ようやくの思いで目的の氷塊に辿りついたとき、祭典は翌日にまで迫っていた。

意中の氷を誰かが獲ってしまわないかだけが気掛かりであったが、くぼみがはげしく、一見扱いにくそうな形をしていたためか、氷が運ばれてきたとき、他に手を挙げる者は現れなかった。固唾をのんで見守っていたシャウルルーは、ようやくほっとひと息ついた。あとはその内に潜んだものを解き放ってやるだけである。

日が沈み、一年ぶりに時が満ちはじめる。シャウルルルーは慎重に氷を彫り進めた。そこから何が生まれるのか。対峙している当人にも、まだはっきりとはわからなかった。かすかな、それでいて徐々に大きくなる氷の声を頼りに、凍える指先を動かした。

もちろんシャウルルルーだけではない。腕に差こそあれ、他のパラカイ族の人びとも、一心不乱に氷と向きあい自分なりの像を作ろうと奮闘していた。オーロラの下で開かれたパラカイ族と氷塊の奏でる音楽会は、空が白みはじめるころ、申し合わせたようにそっと止んだ。

シャウルルルーの前には一体の像が立っていた。どっしりと構えた、恰幅のよい像であった。その姿はふてぶてしくさえあったが、まなざしはうっとりするほど蠱惑(こわく)的に氷原にそそがれていた。嘴(くちばし)の両端は少しばかり吊り上っているように見えた。でっぷりとした貫録あるワタリガラスの像であった。静かに折り畳んではいるが、今にも力強く羽ばたいてゆきそうな翼の面(おもて)には、笑顔に満ちた人びとの顔が彫り込まれていた。

それは、天地を創造したワタリガラスの姿に他ならなかった。その腹に悪しきものと善きものを孕み、おおぞらの世界に大地を産み落としたとされる、あの創造主である。水面(みなも)に映り込んだパラカイ族の人びとの顔をさらってきたような翼をまとった創造主の像を前にして、人びとは畏怖の念を抱かずにはいられなかった。

ワタリガラスは、人びとのその視線を選り分けるように眺めまわしていた。頭（こうべ）を垂れる彼らから畏怖の念を取り払い、代わりに法悦をそそいだ。傍らには、像を作った男が立っていた。人びとは彼に対し、覚えたことのない感慨を抱いた。シャウルルルーの笑わない顔は、凡夫が立ち入ることができない世界への通行証のように人びとには感じられた。その像はシャウルルルーの過去を呑み込み、別のものへと変えてしまったのだ。

そしてそれはシャウルルルーの側でも同じだった。その仮面の下で、彼は氷を喜ばせることに己のすべてを捧げようとひそかに固くかたく誓っていた。

＊4＊

それから数年、シャウルルルーは神話の国の住人を続々と〈祭典〉へ招き入れた。荒れ狂う嵐の精霊（ナーツク）、泣きさけぶセドヌ、見るも怖ろしい食人鬼（ウェンディゴ）。それらについて語ることはまた別の機会に譲ることにしよう。

スギの木の精を彫りあげた翌年、シャウルルルーは命の樹を打ちたて、ピョリッヒに選ばれることになった。誰からも顧みられなかった彼が、――その二番目の妻を除けば、パラカイ族のなかで暮らしていながら虚無の関係ばかり築いて生きていた彼が、一転、一族の中心へと祭り上げられたのである。

けれども、シャウルルーの振る舞いに大きな変化は見られなかった。シャウルルーにとっては、氷との絆の方が大切だった。

ピョリッヒに選ばれたことで、狩猟を禁じられたことも、氷との絆をより強固なものにした。動物から命の贈与の感覚を得られなくなった以上、氷との対話は生の躍動をもっとも感じられる瞬間となった。彼を遠巻きに見つめる人びとをよそに、冬の間には以前にまして氷と向き合ったが、その他の季節――友が暇を告げる春、苔むす大地に点々と色鮮やかな花が咲く夏、緑を枯らし来たるべき季節に備えて大地を土色に耕す秋にも、いっそうの注意を払うようになった。狩りはせずとも、野をさすらう時が多かった。人びとはその姿にも、ピョリッヒの任に就いた途端、横柄な態度をのぞかせた歴代のピョリッヒとは違うものを感じとった。

彼らが感じとった異質さは、彼が〈祭典〉へもたらす氷の像によって見事に証明された。火の中で踊る大蛸や、つがいのカリブーが連れてこられ、一夜のうちに姿を消していった。オクトパスは気泡の吸盤が透ける脚をしなやかに動かし、熱さにのた打ち回った。見事な角を生やしたカリブーの夫婦は、お互いをかばうように立ちながら、最後には火の海のなかで折り重なるようにしてくずおれた。

人びとはシャウルルルーの作る像から多くのことを学んだ。とりわけ熱心だったのは若者たちである。青年の多くはシャウルルルーの彫る像に心酔し、自身が手掛ける氷の像にその輝きの片鱗でも体現させようと研鑽を積んだ。お互いに競い合い、できた像をながめ評しあった。〈祭典〉の姿が、以前とは比べ物にならないほど成熟したものになっていったことはすでに述べたとおりである。

しかし、変化をもたらした当のシャウルルルーは、その変化におよそ無頓着であった。彼にとっては〈供物の像〉が捧げられるときに漏れる、人びとの感嘆の声こそが彼らとのつながりのすべてに等しかった。それは氷が秘めていた姿をシャウルルルーが精確に彫り出すことに成功したのだと確信させてくれた。人びとの顔に恍惚とした表情が溢れれば溢れるほど、シャウルルルーの胸のうちは充足感に満たされていった。〈供物の像〉が燃え上がる瞬間、つまり人びとが感極まって声を漏らす瞬間、シャウルルルーは氷と渾然一体となって満ち足りるのである。

一方〈祭典〉そのものへの関心は薄れていった。人びとの彫る像が気にくわないからではない。人びとの彫った氷塊のあげる叫び声を聞くと、昔の自分が思い出されてしまうのだ。それゆえ祭りの最中の広場には長らく足を踏み入れていなかった。

だがある年、シャウルルルーは〈供物の像〉を彫り終えたあと、何かに誘われるように氷像の居並ぶ広場へ足を向けた。彼は集落の外れで〈供物の像〉を彫るのが常であり、今回は思ったより早く像が彫り上がったのだった。

シャウルルルーは驚いた。原石として〈氷の丘〉に並んでいたころの氷塊が奏でていた歌が、よりはっきりと心地よい層になって聴こえていた。氷塊のなかに眠っていた氷の姿が、ほとんど傷つけられることなくそこに現前していた。来る年くる年、彼がその姿を彫りだせないことを無念に思っていた氷たちの真の姿が、ほとんど傷つけられることなくそこにある。正夢を味わうような心地で、シャウルルルーは氷の楽園を歩いた。

氷の像の間をさまよいながら像の精巧さにも圧倒された。そのうちの幾つかは、目を見張る精巧さを備えていた。セイウチはしずくの滴る鋭い牙まで丹念に磨かれ、飛び跳ねる魚は鱗の潤いまで再現されていた。

ふと気がつくと、人びとの笑顔が彼を取り巻いていた。畏怖の念やそれを隠そうとする照れ笑いとは違う、親しみのある笑顔であった。それが自分に向けられているのだ。シャウルルルーは後ずさりした。けれども、後ずさりした先にも人びとの笑顔が待ち受けていた。逃げることはできなかった。人びとは氷雪の楽園で、その生みの親たるシャウルルルーを包囲していた。

皆、まじろぎもせずシャウルルルーを見つめている。彼は逃れるように、氷の像を見上げた。

視線の先で、彼らもまた満ち足りたように微笑んでいた。その刹那、彼は気がついた。納得のいく〈供物の像〉を彫ることだけが、氷に喜びをもたらすのではないと。

シャウルルルーは翌年も、それに続く年も〈祭典〉の行われている最中の広場へ足を向けるようになった。何かを言い残すことは稀であったけれども、自身の影の形を確かめるように〈祭典〉に現れた氷の像をひとつひとつ確かめてまわった。それにつれ、シャウルルルーが彫る像もいよいよ真に迫り、創意工夫が凝らされるようになっていった。

人びとに感激をもたらすこと、それは二重の意味でシャウルルルーの至上の使命となっていった。シャウルルルーの作った像のうち、もっとも有名なものの一つが作られたのもこの頃である。

その年、シャウルルルーは全くの球体を携えて、氷の広場に入ってきた。よく磨きあげられた氷はつやつやとした光沢を帯び、水晶さながらに気品を漂わせていた。貴いものであることは、その輝きからも明らかだった。それでいて、ひどくなじみ深く、親しみのあるもののように感じられた。日常の感覚をくすぐるその存在が何であるのか、人びとははっきりと思い出せなかった。彼らから発見の吐息が漏れたのは、像が炎に投げ込まれてからだった。

火の底に落ちた像は、アザラシ油をたっぷりと吸って、その輪郭に沿って丸い炎を這わせた。紛うかたなき、太陽の仮象であった。人びとは思わず空を仰ぎ見て、その本体を確かめた。空の端に、沈みゆく赤い火の玉が彼らを照らしていた。不思議な時間のたゆたいがあった。春のぬくもりが、体を這ってくるようだった。人びとが天の暈から目を逸らし、ふたたび地に目を転じて炎のなかを覗いたときには、氷の像は火の影に滲みこんで、見えなくなっていた。……

＊5＊

私は病室の窓から太陽を見ようとした。太陽はそこにあった。けれど、ぶ厚い雲がいつの間にか空を覆っていた。朝には晴れわたっていた空に粉雪が舞っている。初雪だった。私には大叔父がパラカイ族の世界を呼び寄せたように思えてならなかった。そうだとしても何ら不思議ではないと思わせるほど、大叔父の語りはあまりに淀みなく、聴く者の心を惹きつけた。

これが本当に心臓に病気を抱えている人の語りだろうかと時おり首をひねらずにはいられなかった。しかし、大叔父の命はもうわずかしか残されていない。心臓に水が溜まりすぎていて、もはや薬で進行を遅らせることしかできない。

シャウルルルーの物語を語る大叔父を見ていると、話を遮ってしまうと大叔父も同時に息絶えるのではないかと思ってしまう。それほど、言葉が大叔父を生かしているようにさえ見えた。呼吸に合わせるように、無理なく言葉が口を衝いて出る。大叔父は先を続ける。

……そうして多くの歳月が流れた。多くの歳月、そう片づけてしまうにはあまりに長い年月だった。赤子だった者が、自分の家族を持ち子どもに囲まれるようになるにも充分な歳月が過ぎたと言い換えることもできる。一族の顔ぶれも自ずと変化する。

シャウルルーのワタリガラスの像を見た者のうち、すでに精霊の仲間入りを果たした者も少なくなかった。彼らは、もっとも幸せな時代を生きた人びとだったかもしれない。〈祭典〉が成熟してゆくのに直に立会いながら、夢を抱いたままハチドリが消えていった先へと旅立っていった。彼らの代わりに一族を支えているのは、かつて若者に数えられた者たちだった。彼らにとって、シャウルルーは生きる誇りに近い存在であった。たとえ、深い交流がなくとも、彼らの心は偉大なるピョリッッヒと強い絆で結ばれていた。少なくとも、彼らの側ではそう信じていた。

〈ピョリッッヒ〉という言葉が持つ意味合いも変わった。一族の総代というかつての意味合いは薄れ、〈ピョリッッヒ〉はシャウルルーの別名に近い意味を持つようになった。〈ピョリッッヒ〉という言葉に秘められていた制裁の意味も、今ではすっかり忘れ去られてしまった。無理もない。シャウルルー以外の〈ピョリッッヒ〉を知る者が減ってしまったのだ。

〈ピョリッヒ〉とシャウルルルーが結ばれていた時間は、シャウルルルーのつくる〈供物の像〉へも変化をもたらした。それまでは自然のありのままの姿を写そうとしていた像が、やがて一部分が異様に強調された姿で彫られるようになった。頭部だけの、それも牙だけが異様に大きく鋭いアザラシの像や、巨大な怪鳥からもぎ取られたような大きな翼が火のなかに捧げられた。疾駆するオオカミの脚が彫られたこともあれば、血のしたたる巨人族の腕が投げ込まれたのもこの時期である。

人びとは、今度もシャウルルルーのあとを追おうとした。けれど、彼らの追随は次第に困難なものになってゆく。

シャウルルルーの作る像が、何かの形を成しているうちは良かった。たとえ戯画化された自然の姿であっても、それが何か形あるものを写している限りは人びともシャウルルルーのあとを追いやすかった。しかし、彼らを置き去りにするように、シャウルルルーが作る像は、徐々に輪郭を失ってゆき、とらえどころのないものになっていったのである。

斜面の先に氷塊がついている、岩が崖を転げ落ちる様を象ったような像や、氷の壁に雪玉を投げつけて弾けたように人の顔の破片が散らばる像が運ばれてきたとき、人びとは戸惑いを覚えた。

シャウルルルーの作る〈供物の像〉に対して、満足や悦びといった思いの他、大きな感情の起伏を感じたことのないパラカイ族の者たちは、シャウルルーが新たにもたらした像を目にして覚えたことのない感慨を抱いたのである。眺めてもながめても、一向に像の形を解せないにもかかわらず、その像を前にして、いままで知らなかった感情の昂ぶりを抑えられない自分をはっきりと感じた。それにつられて、笑顔にしか染まったことのない顔が蒼白に引き攣り、あるいは目角が立つのを禁じ得なかったのである。意識したことのない感情が、自分の身体を貫くのを感じて、人びとは当惑を覚えた。それもまた、初めての体験であった。

そして氷の像が溶けて果てると、その感情までもが燃えつきたように凪いでいった。像の姿は、むろん思い出すことができなかった。彼らは一連の体験をあらわす言葉をまったく持ちあわせず、神秘的な体験をしたという形骸だけが記憶として残された。

どうしたら、そのような像を彫ることができるの[illegible]いくら頭を抱え、知恵をふり絞ってみても、人びとから出てくるのは困惑をたたえた笑顔[illegible]けであった。像の姿も、感慨も、彼らは何も正確に捉えられなかった。時おり、〈祭典〉でこみ上げた感覚の欠けらを日々の営みのなかに発見することはあったが、〈祭典〉で襲われた感覚よりはずっと弱々しく、頬をぶたれるようなあの日の神秘的な体験からは程遠いものであ[illegible]た。その神秘とふたたび出会うには、次の〈祭典〉を待つより他に仕様がなかった。その人心を見抜いているかのごとく、シャウルルーは新たな像を彫りあげ、人びとに未知なる感慨を[illegible]たらし続けたのである。

けれども、何事もとこしえに続くことはありえない。〈ピョリッヒ〉の意味は移ろい、シャウルルルーの彫る像も変化した。それと同じく、シャウルルルーが永久にピョリッヒであることはあり得ないことだった。憂いの兆しが見え始めたのは、彼の妻が——その二番目の妻が、病に伏したころからである。

シャウルルルーの一人目の妻は、シャウルルルーとの生活に耐えかね、はるか以前に家を出ていた。新しい妻は、ピョリッヒとなった夫を甘やかすことなく、また厳しく拘束することもなく、シャウルルルーを気の赴くまま、好きにさせていた。そして、彼の分を補うように、よく笑う妻だった。シャウルルルーがピョリッヒになってずいぶんと長い時間が経ったあとも、食物を分けてくれる人びとに対して変わることなく、親しみやすい笑顔を振りまいた。人びともシャウルルルーのもとへ食糧を捧げに行くより、彼の妻が一人で居るときを見計らって声を掛けるのが常となっていた。シャウルルルーが予期せず家にいて、彼の表情のない顔に出くわしても、彼の妻がいると自然と場が和み、シャウルルルーの顔にも温みが差すように思われた。二人の間には子供はいなかったが、夫婦でイグルーにこもっているときには、妻の朗らかな笑い声がいつまでも氷の壁に反響していた。

けれども、いつからか、その声のなかに瘤のような濁りが混じるようになった。アザラシの皮を歯でなめしていると、時おり、痰を吐こうとして身を震わせた。やがて笑うたび、咳込む音が聞こえるようになり、容体は目に見えて悪くなった。横広だった妻の顔は日に日に頬骨が鋭利に突きだすようになっていった。シャウルルーは妻を案じ、なんとか恢復させたいと手を尽くしたが、妻の容体は悪くなる一方で、床に臥したまま起き上がるのさえままならなくなってしまった。

そうこうするうちにすべての色を白銀に染める冬が、ふたたび訪れた。寝床は雪の絨毯へと変わり、皮張りのテントの代わりに氷の屋根が空を覆った。大地と空の板挟みになった小さな雪の小屋は、シャウルルーの妻の命を一日でも長く、シャウルルーの傍に留めておこうと吹きあれる風をさえぎったが、それでも迫りくる冷気は、シャウルルーの妻の命の灯を衰えさせるばかりだった。

見舞いに訪れた人びとは心配を重ねながらも、シャウルルーが傍らにいるのを見て、あまり無駄話もせずそそくさと帰りがちだった。妻の方にはなんとかなるさと笑顔を振りまきながらも、その笑顔の下で、シャウルルーに対して詮索がましい妙な感情を覚えた者が少なからずいた。

冬が到来するまでは妻の傍らを離れなかったシャウルルーも、冬が深まるにつれ、妻の看病を他の者に任せ、家を空けることが多くなった。なまった指先をほぐすように、氷と触れあった。人びとはそのシャウルルーの行動を見守りながら、〈供物の像〉に対して明るい気持ちを持ち直したが、〈供物の像〉の話題があがるところには、どこか厭らしい笑顔が付いて回った。そんな笑い方はついぞしたことがなかったが、笑みは彼らの顔から自然ににじみ出た。病床の妻は、かすかに笑顔をつくってイグルーを出てゆく夫を見送った。彼がいないことを確かめるように人びとは見舞いに訪れたが、イグルーのなかでは誰もシャウルルルーのことはおくびにも出さなかった。

たった一度、例外があった。今年の〈像〉はどんな姿をしているのだろうかと、妻が独り言のように漏らしたのである。問いかけるように氷の壁を見つめていた彼女の目には、像への期待ではなく、愛惜の情がこもっていた。看病をしていた者は、どう答えてよいのかわからず、いつものように曖昧に笑っていた。

けれど、いくらごまかそうとしても、来るべきときは必ず訪れる。

朝一番に見舞いに訪れた者は、入り口を入ってすぐ、異変に気がついた。異様に寒かった。常に灯っていなければいけないアザラシ油のランプが、燃えていない。シャウルルルーはすでにいなかった。イグルーには、人の温もりの名残りすら燻っていなかった。

セイウチの毛皮をめくってみるまでもなく、シャウルルルーの妻が死に絶えていることは明らかだった。人びとに知らせようとそのまま引き返そうとした寸前、あることに気がついた。気配がする。冷たくなっているシャウルルルーの妻の他に、凍えるような暗い室内に、それもひとりふたりではなく、わらわらと何かがいるのである。

意を決し、おそるおそるランプに火を点した。石を擦って、火が点くのに時間がかかった。その間も気配は動くことなく闇のなかに潜んでいた。ようやく芯に火が点り、イグルーの壁を光が這った。

妻の亡骸の方を見遣って驚いた。そこには無数の小人がいた。床を埋め尽くさんばかりの小人に、彼女の体は囲まれていたのである。頭の脇にも、体の横にも、まるで力を合わせて彼女を運んで行こうとするように、小さなちいさな氷の小人が毛皮の縁を取り囲んでいた。そしてその小人たちは、この上なく朗らかな笑顔を湛えていた。夫婦の間には生まれることのなかった子供たちが、妻を迎えに来ていた。

妻が死んでから、シャウルルルーは人前にまったく姿を見せなくなった。妻の生前には、日の入りにはイグルーに戻っていたのが、日が沈む頃になってもイグルーは空のままだった。待ちあぐねた人びとが妻の亡骸を葬ったときにも、シャウルルルーは現れなかった。

妻の死後、彼を最初に見かけたのは狩猟にいった若者たちである。彼らは雪原の彼方を、独りさまよっているシャウルルルーを見つけた。若者たちは、偉大なるピョリッッヒにどう声を掛けてよいかわからず、そのまま行き過ぎて狩りに興じたが、集落に戻ってからは、まるで雪の精に出くわしたかのように、興奮してそのときの仔細について人びとに話した。

　その後、次々とシャウルルルーの目撃談が語られた。その多くは、シャウルルルーがいかに精霊じみた姿をしているかを伝えていた。けれども、シャウルルルーと言葉を交わしたという話はついぞ現れなかった。あるいはそれがシャウルルルーであると確認されたこともなかった。人びとの話を重ねあわせると、北と南、あるいは東と西の遠くへだった場所に、シャウルルルーが同時に現れていることもままあった。

〈祭典〉が近づくにつれ、不安が人びとの頭によぎりはじめた。シャウルルルーは果たして〈祭典〉に現れるのか、ピョリッッヒとしての役目を全うしてくれるのか。もちろん、彼を擁護する者もいた。偉大なるピョリッッヒに対して、そのような疑念を差し挟むことすら不遜だとし、シャウルルルーが闇のなかからどのような像を引き連れて〈祭典〉へ戻ってくるのか、心待ちにする者もいた。しかし数からすれば、やはり少数派と言わざるを得なかった。いずれにしろ、シャウルルルーの姿が闇に紛れて見えない分、人びとの夢想は、晴れた青空の下、却って伸びやかに飛びまわった。

　シャウルルルーは、〈祭典〉の前日、氷の分配をする段になっても人びとの前に姿を現さなかった。ピョリッッヒだけは、〈氷の丘〉以外から氷を運んでくることが許されている。ここの氷を使わないということは、〈供物の像〉の氷をよそで見つけてきたのであろう。だが、ことはもっと深刻に見えた。彼が現れる保証は何もなかったのである。人びとが〈供物の像〉に対し、不安を抱いて夜を明かすことなど、シャウルルルーがピョリッヒを務めてから、いやそれ以前にさえ一度たりともなかったことである。氷の像を彫る男たちの手が奏でる音も、どことなく鈍かった。

ひたむきに壮麗さを追い求めてきた氷の園は、氷を彫る者の心を映してか、いびつな姿で現れた。氷に眠る像を彫り起こす術を忘れてしまったように、氷の園は、はるか以前の姿に立ち返っていた。人びとはシャウルルルーが〈祭典〉へ帰還してくるか、気がかりで仕方がなかったのだ。

時は移ろい、氷の像は綻び、人々の喉は渇く一方だった。けれども、シャウルルルーは戻ってきた。稀代のピョリッヒは、一枚のうすい氷の板を携え、宴の終幕の場面にその姿を現したのである。白日の下、久方ぶりに見るシャウルルルーは疲れ果てているようだった。すでに白髪に覆われている頭は、風に吹かれるまま乱れ果てている。充血した目は〈供物の像〉を捧げようと、一心に燃えさかる炎を見つめていた。

安堵の声は、胸の高鳴りに呑み込まれた。シャウルルルーが裏切るはずがなかったのだ。人びとの目は、シャウルルルーに劣らず滾り、彼の携えてきた〈供物の像〉に注がれた。

彼の手には氷のキャンバスが握られていた。向こう側が透けて見えるほどうすい氷の板には文様が描かれており、向こうの群衆が歪んで見えていた。いったいどんな文様が描かれているのか、人びとは必死に目を凝らしたが、読み取ることはできなかった。そうするうちに、氷の板は高々と掲げられ、炎にあぶられた。

すると繊細な音が鳴り、氷の板にひびが入ったと思う間に、板はガラガラと砕けた。そこに描かれていたはずの、今はもう見ることも、掻き集めることも叶わないものへの憧憬が、人びとの心を激しく揺さぶった。と同時に、昔日のかけらが人びとの胸のうちからあふれ出し、走馬灯のように人びとの間を駆け抜けた。二度と触れられない肌の温もりや朗らかな笑い声が鮮やかに蘇り、そこかしこに横溢した。それらは二度と触れられないはずのものであり、もう一度失われることを運命づけられているひと時の調べでもあった。もはや感じることしかできず、留めることの叶わないものたちの声であった。

濁流のように押し寄せる思いが、涙となって頬を伝い、北風がそれを凍らせる端から春の日がやさしく撫でて溶かしていった。人びとは大いに泣き、そして大いに笑っていた。心の底から満たされて、満面の笑みを湛えていた。〈氷の丘〉に集まった人びとの顔が、涙と笑いでくちゃくちゃになっているのを、シャウルルーは輪の中心で、じっと眺めまわしていた。

6

点滴の交換と検温のため、大叔父の話は中断された。病室には、私とアレンだけが残っていた。ケヴィンは母親に連れられてすでに病室を後にしていた。今ごろ、お気に入りのハンバーガーを頬張っていることだろう。アレンはあとで私が連れていくことになっていた。看護師は、話がひと段落するまで律儀に待っていてくれた。なので、私たちも逸る気持ちを抑え、検温が終わるまで大人しく待つことにした。私はアレンを残して、一服しに行くことにした。一人っきりで高揚感に浸りたかったのだ。それに、外の風を浴びながら少しばかり考えをまとめたかった。

私は非常階段の踊り場に出て、吹きつける雪風を手で遮りながら煙草に火を点けた。そして、灰色の煙を吐き出す。昔聞いたときと話の印象がひどく違うことが気になった。私が小さかったせいか、シャウルルルーの話はもっと断片的だった気がする。火のなかで踊るオクトパスや巨人を彫る話などはそれだけでひとつの長い物語を成していたはずだ。巨人を彫る話をする上で、欠かすべからざる、トゥニットと呼ばれた巨人の一族とパラカイ族の抗争についても何も触れられていない。大叔父の話からは野蛮さや血なまぐささめいたものが完全に拭い去られていた。

他にも気になることがいくつかあった。大叔父以外の人から聞いた、別のピョリッヒの作った像の話が一つ二つ、シャウルルルーの物語に混ざっている気がした。シャウルルルーの妻の死因にしても、何か他のもっと暴力的な事件だったはずだ。風邪をこじらせて亡くなったのは、大叔父の二人目の妻のはずである。しかし、何分曖昧な記憶だけが頼りなので、確かなことは言えない。

気になると言えばもう一つ、太陽の像である。これだけは幼心にもはっきりと覚えているが、太陽の像は彼が最後に辿りついた究極の像だったはずだ。太陽の像が最後の像でないとすれば、シャウルルルーはいったいその最期に何の像を彫り出すと言うのだろうか。

私は煙を吐いた。考えは一向にまとまらない。

いずれにしろ、大叔父の話は整いすぎていた。まるでばらばらであったものが、ひとつひとつ拾い上げられ、正しい場所にはめ込まれたかのようだった。何のためにそんなことをしたのだろうか。私にはわからない。ただひとつ確かなのは、私たちが大叔父に早く次を話してほしいと思っていることだ。

検温が終わったようだ。看護師が病室から出てきて、私に合図してくれた。私は煙草の火を消し、屋内に入ってまっしぐらに病室に向かった。すれ違い際、看護師に声を掛けられた。

「――さん、あんなに流暢に喋れるんですね、全然知りませんでした。私たちが話しかけても、わからない素振りを見せるものだから、てっきり英語は喋れないのかと思っていたのに、病室に入ったら英語で喋ってるものだから、びっくりして思わず立ち尽くしてしまいました」

それだけ言うと、看護師は仕事に戻っていった。今度は私の足が止まっていた。それまで一顧だにしなかったことだった。あまりに自然に喋っていたので、気がつかなかったのだ。大叔父はイヌクティトゥットではなく英語で物語っていた。だからアレンにもわかったのだ。言われてみれば当たり前のことだ。だけど、それが私に与えた衝撃は計り知れなかった。以前と話の印象が違うのは、ひょっとしたらそのせいもあるのかもしれない。

大叔父の英語はあまりに流暢すぎた。まるで生まれてきたときから、その言葉で語ってきたような軽やかさでシャウルルルーの物語を語っていた。その様子は、村で語ったときと全然変わらなかったし、語られる言葉にたどたどしさも感じられなかった。まるで、何度も何度も大切に使われてきたような、温もりさえ言葉には感じられた。

けれど、大叔父は日常的に英語を使っていない。それだけは間違いないことだった。それでは、どうしてあれほど滑らかに物語ることができたのか。いったいどうして？

混乱したまま病室に戻ると、すでにシャウルルルーの物語は再開されていた。大叔父は、アレンをまっすぐ見据えて話をしていた。やはり英語で物語っている。不思議な光景だった。あの大叔父が、青い目の男の子にシャウルルルーの物語を語り聞かせている。そこだけが陽だまりのなかにあるような、温かな空気に包まれていた。

それ以上、何の説明もいらないと思った。大叔父の話しぶりは相変わらず、豊かな大河を思わせた。私はそれ以上考えるのを止して、その大河に身をゆだねることにした。もう、あと何度私は彼の声に出会えるかわからない。

シャウルルルーの物語は、ついに最終章のすぐ手前まで来ていた。

……彼らにとってはもはや〈祭典〉にもたらされる〈供物の像〉こそがすべてであった。大叔父は話す。人びとにとって、一年に一度シャウルルルーによってもたらされる官能こそがすべてになりつつあった。〈供物の像〉が燃える姿は、心の揺らめき以上のものを人びとに与え、像がもたらす刺激は年を経るごとに強く、鋭くなっていった。それは火に燃える痛みであり、足の裏に伝わる張ったばかりの氷の感触であり、アザラシを口にしたときの血と肉と唾液が混じりあった生臭いにおいであった。そうした生の感覚がぶたれたように観る者の身体に降りかかってくるのである。

人びとの模倣の試みは、もはや断念されていた。シャウルルルーが彫る氷の像の秘訣を暴くことは誰にもできなかった。追随できぬ領域にシャウルルルーは一人で行ってしまったのだ。若者たち——以前若者だった者はすでに立派な大人になり、ここでの若者はそれよりも若い者たちのことであるが、彼らのうちにはシャウルルルーの彫る〈供物の像〉を心待ちにはすれど、自身の彫る氷の像には頓着しない者が多くいた。彼らは〈祭典〉で氷像を彫れども、それはただの慣習であり生への発露ではなかった。

シャウルルルーは、〈祭典〉の意味さえ変えてしまった。一人の人間がこれほど長くピョリッヒの座に居続けたのは他に例のないことだった。だが些か長すぎた。人びとは心のどこかで疲弊していた。それもそのはずである。いつ終わるとも知れない〈祭典〉に彼らも興じ続けてきたのだ。しかし誰かが引導を渡すか、彼の命が尽きぬ限り、宴の終わりはやってこない……

それは女体の像が焼かれた〈祭典〉の翌朝に起こった出来事である。

その朝、起き出してきた人びとは〈祭典〉の跡地を見て驚いた。そこにシャウルルルーの姿を認めたからである。ここ数年、人びとの目から逃れるように生きてきたシャウルルルーが、彼らの眼前に悠然と立ちはだかっていたのである。人びとはぎょっとせざるをえなかった。彼は〈供物の像〉を捧げた炎の跡地に、何もない中空を見据えながら立ちつくしていた。精根尽き果てた。そう見えなくもなかったが、はるか遠くにある海の音に耳を澄ませているようでもあった。野をさすらい続けた彼の顔は、以前よりも彫りが深くなっているように見えた。シャウルルルーの眼は、不思議な淡い光を湛えていた。

その不思議な佇まいに、人びとは改めて自分の理解の及ばぬ存在を感じた。これまで、闇に紛れていたからこそ平気でいられたが、シャウルルルーは明らかに自分たちとは異なる考えのもとに生を重ねてきたのだと強く感じた。

シャウルルルーはそこを動かなかった。まるで、待つことだけが彼に残された仕事であるかのように動こうとしなかった。一族が春の獣を追いかけて移住を始めようとしても、もはや何かを追い求め、雪原をさまよう必要はないと言わんばかりに広場から動こうとしなかった。姿をくらましてくれさえすれば、人びとは気軽に移住できるのにシャウルルルーは佇んだままだった。

結局、シャウルルルーは〈祭典〉の跡地に置き去りにされた。誰も彼の邪魔をしたくはなかった。それに人びとは彼の傍にいることで強いられる緊張に耐えられなかった。シャウルルルーが闇夜に消える代わりに、人びとがシャウルルルーの傍を離れたのである。

しかし、シャウルルルーに今死なれては、どのように〈祭典〉を迎えればよいのかわからなかった。冬が訪れるまでの間、一族の者は、交代でシャウルルルーに食料を届けに行くことを決めた。誰も何も持っていかなければ、彼は飲まず食わずで過ごし、そのまま朽ちてしまいそうな気がした。

一族の者には、拭ってもぬぐっても溢れ出てくるある予感があった。万感の笑顔の底に、たゆたう確信に近い予感があった。シャウルルルーの死期が迫っていること、そしてその最期にあたり、すべてを捧げてこれまでで一番素晴らしい〈供物の像〉をもたらすに違いないと、彼らは強く感じていた。

白夜の間、人びとは誰もがある情景を胸のなかに思い描いた。誰もいない凍土のうえに、シャウルルルーただ一人が太陽と対峙している情景である。太陽が沈まないように、シャウルルルーも決してそこを動かない。ただそこにあり続けるだけだ。

大地のうえを這う太陽を見て、彼らはそんな情景を思い浮かべずにはいられなかった。しかし遠く離れた地で行われているシャウルルルーと太陽の対峙を、彼らはどう見ていたのか。シャウルルルーが太陽を仰ぎ見ていたのか。それともシャウルルルーの生涯を礼賛し、太陽がその周囲を廻っていたのだろうか。あるいは来たるべき〈祭典〉へ向け、シャウルルルーは太陽から力をもらいうけようとしていたのかもしれない。

人びとの口にのぼる話題はシャウルルルーのことばかりであった。彼らは〈祭典〉の始まるずっと前から〈供物の像〉への期待を膨らませていった。しかし誰の、どんな素晴らしい〈供物の像〉の案も、人びとの抱く欲心を満たすことはなかった。それはシャウルルルーによって示されるべきものであった。

方々に別れて真冬をやり過ごした一族は、陽が投げかける合図を見逃さなかった。シャウルルーが生涯をかけて辿りついた〈供物の像〉に出会うため、彼らは〈氷の丘〉へと犬橇を駆り立てた。過酷な旅はいつもとは違う緊張に満ちていた。一年前には目をそらそうとしたシャウルルルーに遭いに、人びとは〈氷の丘〉へと急いだ。

〈氷の丘〉の麓に人影を見つけ、ほっとしたのも束の間、シャウルルルーの方へ視線を動かした者は自ずと慄いた。久しぶりに見る彼の姿は、それまで〈供物の像〉を彫るために止まっていた時が、一時に押し寄せたかのように老いさらばえていた。もはや必要のなくなった臓腑が風に浚われたごとく、その身体は痩せ細っている。ぶかぶかになったアノラックも、修繕する者がいないためかほつれが目立ち、もはや触れるとぼろぼろと崩れそうで、シャウルルルーの風貌をいっそう浮世離れしたものに見せていた。少なくとも、彼の身体はもう、生を営むためには、未来へ向かって生命を維持させるためには機能していないように思えた。

しかし犬橇から降りた人びとを驚かせたのは、彼の容姿だけではない。シャウルルルーの見上げる視線の先には、〈祭典〉で氷像に姿を変える〈氷の丘〉が聳え立っていたのである。その光景は、さながら一年前に確かに消えたはずの氷山が、シャウルルルーの眼力によって蘇ったかのように感じられた。いや蘇るどころか、昨年よりさらに見事な荒波の結晶が、春の予兆に満ちた日の光に煌めいていたのである。

いつもなら抱き合い、無事を喜び合う人びとが、一人の男を囲みながら表情を凍りつかせていた。不用意な言動が許されない、危うい均衡で世界が成り立っていた。不気味な静けさが辺りを包むなか、人びとは時おり耳を澄ました。シャウルルルーの口から、息が漏れていることを確かめるためである。そのたびにまだ息はあると安堵した。しかしシャウルルルーの口から洩れる息はあまりにか細く、いつ掻き消えてもおかしくないように思えた。

固唾をのんで見守る会衆は、日に日に数を増していった。彼らは祈るような気持ちで、シャウルルルーを見つめるよりほかなかった。これまでも経験したことのあることだったが、これまでよりもずっと強い惧れを人びとは抱いた。誰もがシャウルルルーに像を彫ってもらうことを待ち望んでいた。終止符を打つに相応しい〈供物の像〉を彫ってもらわねばならなかった。終わることも尽きることもなかった応酬に疲れ果てた人びとの、その視線の中心で、シャウルルルーは表情を崩すことなく、じっと佇んでいた。

期待と同じく不安も尽きない。氷の大地に生えた樹のごとくしずかに氷山を見上げる〈ピョリッヒ〉が、ふたたびその掌のなかに花を咲かすことができるのか。人びとの心は不安に駆られ、期待との狭間で揺らいだ。いや、わずかに不安が勝っていた。シャウルルルーは〈供物の像〉を彫ってくれるのか。

ついに耐えかねた族長が、シャウルルルーに話しかける。

「……」

それまでどのような言葉にも反応すら示さなかった男の眼が、無表情な顔のなかでわずかに動いた。黒い瞳が、話しかけた男の視線とかち合う。そこには相手を底冷えさせるような、したたかな熱意が露わとなっていた。と同時に目的以外のことに払う、ほんのわずかな余力すら惜しいといった様が、その眼の動きにはまざまざと表れていた。

シャウルルルーの視線は、そのまま氷の山の頂きに近いある一点へと動いた。釣られて、周囲の者も氷山を見上げた。今まで気が付かなかったのが不思議なほど、純に日の光を照り返している氷がそこにあった。シャウルルルーの眼はそれをじっと捉えたまま、また動かなくなった。

しかし、すべては了解された。憂いは晴れ、笑顔だけが人々の顔に昇った。

時は満ち、氷は切り分けられ、シャウルルルーもろともイヌ橇に載せられた。シャウルルルーには歩く力ももはや残されていなかった。けれども、誰ひとりとして彫らなくていいとは言わなかった。人びとは歓喜のうちに橇を見送った。彼を運んだ若者たちも、無言のうちにシャウルルルーと氷塊を置き去りにした。

広場は氷の塊で彩られ、ついに昼は夜へと傾いた。一族の女性と子供は祈りを抱いていつもより早く眠りに就き、男たちは氷をけずり鐘を鳴らした。本来は、冬への感謝と春への祝福に捧げられるべき響きが、今や一人の偉人に捧げられていた。空には今宵もオーロラが踊り、調べを奏でる者たちの手元を照らしている。去年まではノミを振るう手も鈍かったが、今年は違った。シャウルルルーの最後の像に恥じぬものをつくろうと誰もが心血を注いだ。

巨人の氷像を司る一族は、これまでにない巨大な像の完成を目指し、橇を引くイヌたちを彫り起こそうとした者は氷の毛繕いに余念がなかった。別の者は道具を握りしめた大きな掌を彫り、形なき像を継承しようとした若者は、見えない形を見ようと必死に氷に向き合った。早くも感極まり、涙を流す者もいた。

すべての彫り手が、持てる力を余すところなく注ぎ、〈氷の祭典〉を彩ろうとしていた。そして皆それでも〈彼〉に敵わないのを熟知していた。氷を彫る音が弾む。イグルーのなかでまどろむ者たちは、夢のなかでシャウルルルーの彫った昔の像と戯れ、胸を高鳴らせていた。

寝ていたイヌたちが一斉に目覚め、天を仰いで吠えはじめる。宙をゆったりと舞っていたオーロラが一段と華やかな赤と青の光を放ち、突如渦を巻くように激しく空をかき乱した。空までが偉大なピョリッッヒの最後を称えようとしているかのようだった。

＊7＊

その頃、シャウルルルーは氷と向き合っていた。これほどまでに純度の高い氷塊は見たことがなかった。一つの泡(あぶく)も浮かべず、どこまでも澄みわたっている。この氷を彫りあげることができたら朽ちてもかまわない、そう思わせるほどの見事な氷塊だった。一年も前から自分を呼んでいたものは、これだったのだと確信できた。

手が動いた。思うより早く、手が動いた。氷から滾々(こんこん)と観念(イメージ)が溢れ出し、指はとにかく彫らずにはいられなかった。必死でその手を余った手で押さえる。焦りは禁物である。彫り損じることは許されない。

まずは心を落ち着け、氷の内なる声を聴きとらなければならない。対峙する前に捉えることができたと思っていた姿は、氷と対面した途端、氷面鏡(ひもかがみ)に跳ね返されたように散逸してしまった。じっと相手を見つめ、耳を澄ます。その内なる姿が浮かんでくるのを待つ。

だが、なかなかうまくいかない。あまりの純度に、氷のあるべき姿は滔々(とうとう)と流れだし続け、一つに定まってくれなかった。それでもじっと神経を研ぎ澄ます。すると、今度は氷に魅入っていることにはたと気がつく。

その繰り返しであった。シャウルルーはいたずらに時を過ごすしかなかった。匂いたつように神々しさが内側からにじみでてくる。不思議と焦る気持ちはなかった。そっと氷と、いやその中にあるはずの像と見つめあう。相手に寄り添い、心開かれるのを待ち焦がれる。

その氷と対峙していると、長らく感じたことのない安寧を感じとることができた。不思議な時間のたゆたいがあった。氷をじっと見つめているつもりが、いつのまにか記憶の風景のなかをさまよっていた。そこには確固とした感触があった。アザラシ油のランプを囲んでいると、体が火照った。今となってはぼんやりとしか思い出せない両親や兄妹の姿が、はっきりとした輪郭をもって立ち現れてきた。スノーナイフのなかで、泡が弾けたときの微かな衝撃も掌を伝った。人びとの笑顔が自分を取り巻いていたときのことも思い出した。何のてらいもない笑顔だった。そして、その後に見た光景についてはもはや触れるまでもないだろう。

幻と現（うつつ）を行き来するうち、淡くなった黒い瞳に出来上がるべき氷の像が鮮明に浮かびあがる。オーロラが明るく弾け、凍てつく冷気が空から吹き下ろしていた。時は満ちたのだ。彼はついに彫り始めた。

ノミが入り、風に氷屑が流れるごとに、像は徐々に氷塊を抜け出てくる。それまで観念としてのみ存在した像の鼓動が指先に伝わり始める。シャウルルーは、一心不乱に彫り続ける。彼の一彫り一彫りに、積上げられてきた生涯が込められ、形をなしてゆく。

寒さを忘れ、自身の体も顧みず、彼は彫り続けた。

無駄なものが徐々に削ぎ落とされ、氷の像は無垢な柔肌を顕わにしてゆく。彼の見ていた観念（イメージ）は、妻の在りし日の姿に似ていた。そうかと思うと、両親の面影も留めていた。しかし、それでもまだ遠い。シャウルルーの目にはっきりと映り込んでいるその像は、もっと身近にあったものの似姿をしていた。彫るべきもの、見つめるべきものは、ずっとそこにあったのである。

最後の一彫りに至ったとき、シャウルルーは指に力が入らないのに気が付いた。掌に視線を注ぐと、もうそこに指は生えていなかった。雪の中に紛れ込んだのか、何処へ行ったのかも分からない。しかし痛みはない。惜しいとすら感じない。彼と共に極寒を耐え忍んだ戦友にもはや未練を感じないほど、シャウルルーの心は澄みわたり満ち足りつつあった。未だ立ち入ったことのない境地に、シャウルルーは踏み込みつつあった。

彼は最後の一彫りを、その顎を使って打ち抜き、ついに氷の像は形を成した。

8

夜が明け、〈祭典〉の一日が始まった。氷の園が一年ぶりに日の目を浴びる。

肩に小鳥をのせた、かつてないほど大きな巨人が氷の森を闊歩し、カリブーの群れは氷の花畑のなかで満足気に日の光を浴びている。波間に浮かぶクジラやアザラシの姿もあった。その脇でセドヌが泳いでいる。広場の中央近くには、氷の岩に人の顔の半面だけが散りばめられた像や二つの球体がぶつかりあっているような像も見える。氷の海の彼方にある岩礁には、ワタリガラスが人知れず宿り、じっと氷の園を見ていた。

ゆっくりと崩れゆく幻の世界に人びとは酔いしれた。この世の影を映した祭典は、光に満ち溢れていた。精霊の仲間に加わったかつての友もこっそりと紛れ込み、人びとと戯れる。人びとは笑い、哂(わら)い、嗤(わら)う。彫った氷像を競い、時おり諍いも起こったが、これから起こることに水を差さないよう、すべてを笑顔の下に押し込め、明るく笑いあう。

人びとは去りゆく世界に別れを告げる。冷たいしずくが氷像から滴り、さまざまな音を打ち鳴らす。悲喜こもごもの音が鳴り響くなか、手折った造花は掌のなかで水へと転じた。氷の園は刻々と姿を変え、異なる華を咲かせ、一度切りの絢（あや）が結実しては消えさっていく。子供たちは像から垂れるしずくを飲もうと、口を開けて先を競いあった。時の移ろいと共に、氷から溶け出すしずくが徐々に勢いを増していった。

そして、皆の待ち望んでいた時が迫ってくる。すでに火が放たれ、焚き木は火柱へと変わった。油をたっぷりと吸った命の樹（レッドシダー）は勢いよく燃えさかり、それを見上げる人びとの頬を紅く染めた。一時（いっとき）も見逃すまいと、人びとはシャウルルーの像を待ち受けている。宴がついに終わりのときを迎える。

雪原の向こうから、像を取りに行った者の姿が見えた。すでに彼らの魂が像の美しさに打ちのめされているのが足取りからわかる。彼らは恍惚とした表情を浮かべながら、橇をゆっくりと曳いてくる。

〈供物の像〉を取りにシャウルルーのもとを訪れたとき、シャウルルーの姿は見えなかった。代わりに雪原に輝くこの上なく壮美な一体の像がそこには佇んでいた。しばらく放心の体で彼らは見入った。自分たちの役目を忘れ、像を愛でた。それから、誰からともなくはたと思いだし、像を広場へと曳いていった。この壮麗な像を自分たちだけで独占してしまうのはあまりに罪深いことに思われた。

広場へ運ばれた像は橇から降ろされ、人びとに高々と示された。それは観衆の胸のうちで像を結ぶよりも早く、人びとに感嘆の念を起こさせた。形を捉えるよりも早く、真なる美であることが直感された。美しさが、溢れんばかりに滲み出ていた。

人びとの顔に、うっとりとした笑みがこぼれた。像は衆目の間をゆっくりと一周し、人びととの別れを惜しんだ。

漏れうるだけの溜め息が漏れたあと、燃えさかる炎へと像は運ばれる。そして像は火のなかに静かに投じられた。氷の像から短い悲鳴が上がる。太い火柱が勢いよく上がり、火の粉が雪に紛れて舞う。炎はこの上なく美しい像を呑み込み、かつてないほどに激しく燃えさかった。

人びとはその〈供物の像〉が燃え尽きるまで、うっとりと像のあげる煌めきに眺め入っていた。

大叔父は一息入れた。そして、また静かに語り始める。その終焉に向けて。

シャウルルーの最後の像、それはまさに彼の生涯の集大成にふさわしく、かつてない満足を人びとにもたらした。それでは、この時火にくべられた氷の像は、いったい何を象ったものだったのか。

わたしは祖父からこう教わった。それは〈祭典〉を象った像であったと。シャウルルーの長い生涯の最期に行きついた像は、大きな氷の掌に、小さな氷の像が散りばめられ、パラカイ族の人びとが悦び戯れる〈祭典〉を象った像であったのだと。そこには氷の樹が生え、ジャコウウシの群れがおり、小鳥までもが囀っていた。けれども、母は別のことを言った。それは人の顔を抱きかかえた人間の像だったと。この上なく大事そうに一つの仮面を抱きかかえた、顔のない人間の像であったと語って聞かせてくれた。叔父はまた別の像を語った。燃やされたのは、天まで届く氷の柱に他ならなかったと。その柱にはワタリガラスや太陽、オオカミといったシャウルルルーの彫った像が組み込まれ、柱はどこまでも高くたかく伸び、燃やしても燃やしても像は溶け切ることがなかったのだとことさらに主張した。

果たして、シャウルルルーの最後の〈供物の像〉は本当は何であったのか。——ビッグマック。ケヴィンなら間違いなく大叔父の問いにそう答えたであろう。しかし誰からの回答も待つことなく、大叔父は先を続けた。まるで自分で見つけた答えを誰にも邪魔されたくないという風に。

わたしはこう思う。最後にくべられた〈供物の像〉について、こう思うのだ。

シャウルルルーは、ついに辿りついた。無我夢中で、文字通りその身を顧みず歩みつづけた結果、シャウルルルーは辿りつくことができたのだ。その生涯と引き換えに、彼自身を表すたった一つの〈像〉に。そしてまさしく体現したのである。それは、他ならぬシャウルルルーの像であった。似姿などではなく、彼自身が氷の像となって、焚火のなかにくべられたのだ。

シャウルルーの氷の像は勢いよく燃え、像を捧げた人びとを煌々と照らし出した。彼らの顔は満面の笑みで彩られている。火柱から火の粉が散る。人びとの満ち足りた笑顔に囲まれながら、シャウルルーの像はいよいよ燃えさかり、火焔のなかで煌めきへと変わった。

目を見開きながら、大叔父は満足そうに語り終えた。黒目が淡くなったその目は、ずっと遠くにある何かを見つめていた。同じものがアレンの目にも見えているだろうか。そっと振り向くと、アレンの瞳は爛々と輝き、ここでない彼方を見つめている。すっかりシャウルルーの物語の虜になっている。けれど、大叔父とは、どこか違う光をその目に宿しているように見える。

私のなかで、大叔父の問いかけがよみがえってくる。果たして、シャウルルーが最後に行きついた〈供物の像〉は、いったい何であったのか。私はアレンの青い目をじっと覗き込んだ。視線の先で、新たな氷の像が燃えている。

雨の中、傘の下

雨に濡れた島を傘が徘徊している。摩天楼の崩落とともに降りはじめた雨は、いつ降りやむとも知れない。毒を含んだ雨が島の輪郭をなぞり、島に蠢く傘の天蓋に当たってその露先からゆっくりと地面に降りそそいだ。天高く聳え立つ建築群は雨の礫に打たれて、灰色に染められている。

島に溢れていた色はすっかり洗い流されてしまった。傘から見上げる景色は、空を覆う雲と同じ色で濡れ、翳の濃い淡いで彩られている。犇めく摩天楼に施された電飾や広告の類いは、かつて色とりどりに島を飾ったが、今では見る影さえない。通りをまばらに行き交う傘も色を失い、一様にくすんだ色で覆われている。

女の持つ、以前は眼を奪うほど赤かった傘でさえ、今では色を忘れてぼんやりとした灰色の表情を浮かべている。雨の音に紛れ、遠くで建築物が崩れる音が聴こえた。崩落で舞い上がった粉塵は暗雲に吸われ、毒を帯びた雨となって再び頽れた摩天楼に降り注ぐのだろう。

生きたくば傘を買え。そう忠告をくれた人々の頭の中では、街角で傘を買い求めることができたのだろう。しかし混乱の渦中にあった島で、傘を売る店が開いているはずもなかった。

女は、道ばたの死体の手から傘を奪った。死骸は最初に崩落した建物から出た火で燃えたのだろう。眼を見開いたまま焼け焦げ、身に着けた衣類は炭屑になっていた。その黒い手から、残り火が燃え移ったように赤い傘が女の眼を奪った。傘だけが全くの無傷だった。勢いよく開いた傘は女をすっぽりと覆って、止むことのない音を鳴らし始めた。

はたして雨が降りやむのが先か摩天楼が尽きるのが先なのか、誰もわかる者はいなかった。あるいは傘が絶えるのが先かもしれなかった。島の対岸では数多の予言が囁かれていたのかもしれないが、傘に包まれ雨に湿った耳にそれらが意味を持つことはなかった。彼女らにとっては、傘を手放す訳にいかないという事実こそが何よりも大事だった。

握りしめた傘は、不意に色を取戻すことがあった。頭の上に赤い色が鮮やかに広がると、あの日以来の陽が射したのかと傘を支える心が浮足立ったが、仰いだ空は変わらず雨粒を落とし続けていた。傘に浮かんだ色も、いつしか何事もなかったように色褪せている。

傘に問いたげに女は手を伸ばしたが、本当に手をかざすべき先は自分の眼だと知っていた。傘から色が洗い流されたのではなく、見るものの眼から色が抜け落ちたのだ。無表情に聳え立つ摩天楼も、眼に映じないだけで、本当は昔日のまま街を彩っているのだろう。そして神経が昴ると、時折り狂った眼に昔の色が蘇るのだ。

雨に曇った眼は、色以上に、顔を識別できなくなっていた。島のどこかで同じく傘を差した人とすれ違っても、相手が誰なのか、顔で見分けることができなかった。街の至るところに尋ね人の貼り紙(ポスター)が貼られていたが、いくら眺めてもその顔が男のものなのか女のものなのか、笑っているのか泣いているのかわからなかった。

雨に濡れた顔写真の前で、女は長い間佇んでいることがあった。そこに切り取られている顔がどんな過去に属しているものなのか読み取ろうとする。オフィスの中で仕事をしているのか、友人に囲まれて撮られたものなのか。かつての自分にもあったはずの場面をよく見ようとする。雨で滲(にじ)んでいなければ、写真の脇や下に記された言葉を辿り、その人物の顔を作り上げようとする。名前、年齢、職業、肌や髪の色、ホクロの位置、癖、最後に家を出た時に身に着けていた服。書かれていることを頭に詰め込み、もう一度顔写真に目をやる。頭のなかで作り上げた顔を重ねて写真を見つめるが、そこに浮かび上がるはずの顔はやはりぼやけたままだった。それが無駄な足掻きであり、できることは何もないと知りながらも、彼女は彼らから発せられる声音を聴き取ろうと、耳を傾ける。

弛(たゆ)まぬ努力の果てに分かるのは、彼らの顔が、雨に長く晒された自分たちと違って健康な皮膚に覆われているということぐらいだ。最後にその尋ね人の名を呼びながら、爛(ただ)れた指で平穏な過去から切り取られた顔に触れ、女はその場を立ち去る。後には初めと等しく、雨に濡れた無数の、かつて誰かの顔だったものが壁を覆い尽くしている。もしかすると、女の顔もそこにあったのかもしれなかった。

時が来ると、彼女は仕事場へ向かう。傘をわずかに畳んで扉をくぐり、中に入ると再び轆轤を押し上げ、傘を開く。水滴が跳ねて床に僅かに飛び散る。天井から滲みだした雨が傘に滴り落ちる。階段を十二段登る度に立ちどまりながら、彼女は体力が尽きるところまで摩天楼を登りつめる。足に限界が訪れると、近くの階をその日の仕事場と定め、誰もいないフロアへと足を踏み入れる。そこで彼女は日がな一日、対岸へ向けて光を送る。

こちらは無事です、島は大丈夫です、元気にやっております。

傘に落ちる雨粒の音を聞きながら、女は静かに合図を送る。誰が見ているかわからない。誰も見ていないかもしれない。光の織りなす音信はどこにも届いていないのかもしれない。しかしそんなことは、ずっと以前、雨が降り出す前も同じだった。自分の思いがどこへ行き着くか、届いてみないとわからない。

デスクが並ぶオフィスは、崩落の始まったあの日に放棄されたままの姿で雨に濡れている。人々さえ戻れば、すぐさま仕事の続きに取り掛かれそうなくらいだ。机の上には書類が放置され、足元には段ボール箱が押し込まれ、マグカップが彼らの最後に居たであろう場所に置かれている。しかし、段ボールは雨を吸って膨らみ、開け放たれた引き出しやマグカップには雨水が溜まって時の断絶を示している。

だからと言って、自分まで変わる必要がどこにあるのか。灰色の部屋のなかで、雨が建物を打つ音が絶え間なく聞こえている。傘を背に窓際に進む。ガラスに切り取られた島が女の眼に映る。

見渡す限り、白と黒で彩られた摩天楼が鬩ぎ合っている。まるで、地上を覆った人造石の結晶が、天空を目指して伸びてゆこうとしているようだ。雨に壊され、剝き出しにされた建材さえ尚天を指している。唯一、雨だけがその行く手を妨げ、裁きを下しているように見える。しかし、その裁きの礫を染める成分は、人間の手によって島へ運び込まれた人工物に他ならなかった。人々を島から追い払い、いつ崩れるとも知れぬ摩天楼を避けて通りを行き交う傘の下の者の肌を焼くのは、人が地上にばら撒いたものに他ならなかった。

中に入ってこようとする雨が、窓に当たって断末魔の声を上げた。込み上げてきた声を女はぐっと喉の奥に押しやった。今はまだ、雨は届かない。女は傘で視界を覆い隠し、ビルの足元で灰色の傘が道を横切るのを見送った後、また一人外へ向かって光を点し続けた。……

*

女の傘が突然、不可解に揺れた。振り返ると見知らぬ傘が目の前にあった。その傘から伸びた腕が、女の肩に掛かっている。大きな腕を覆う、健全でなめらかな肌は、それが島の外から来たことを雄弁に物語っていた。きっと顔の皮も剝げておらず、雨が滲みることもないのだろうと、女は相手の顔を見つめた。

口元が動いて、何かを繰り返し言っているのが分かった。ずんぐりとした体格はどうやら男のそれらしかったが、まるで幽霊と相対しているように男の正体が摑めなかった。男の、ぴんと張った灰色の傘は小刻みに震えていた。相手の口元に意識を集め、男が何を言っているのか聞きとろうとする。

泡が溜まった、健康そうな唇の端をまじまじと見つめるうち、男の口から発せられているのが自分の名であることに女は思い至った。男はどうやら女を知っているらしかった。男の正体を知ろうと、彼の輪郭(シルエット)をなぞる。短い足と、やんわりとつきでた下腹ぐあいが女の記憶をくすぐった。細かいチェック柄のズボンにも見覚えがあった。

あの日、約束していた逢瀬の場に現れる代わりに、島を出て行った男に他ならなかった。彼は、スーツのジャケットやハイヒールを手に橋を渡っていった人々に混じって島から姿を消したのだろう。チェックのズボンはダウンタウンの百貨店で、女が彼と一緒に選んだものだった。

女は視界を遮るようにゆっくりと傘を傾けた。雨粒が降りかかり、男が慌てて腕を引っ込める。その隙に、彼の傍らを静かに通り過ぎた。男の手が再び彼女の腕へ伸びて、女の視界を引き戻す。摑まれた腕の皮膚に痛みが走った。睨(にら)みつけるように男の眼のある場所をさぐり、女はその一つを見つけた。男はこちらの眼を見てはいなかった。男の眼は彼女の顔の爛れた皮膚を映していた。そして視線は上に向かい、まばらに薄くなった艶のない髪の辺りを捉えた後に、うるんだ眼は足元へ落ちた。男の口元が動いて、また何か言葉が発せられた。

彼女は腕を振り払い、傘で突き飛ばすように男の傘を払い落して、その場を後にした。男は小刻みに震えながら立ち尽くし、涙に押し流された雨が彼の頰を焼いた。階段を止まることなく駆け降り、女が外へ飛び出た途端、雨が傘を打つ規則正しい音がわっと彼女を包みこんだ。息が追いつかず、傘が上下に揺れる。空が赤くなった気がした。

＊

出てきたビルを振り返ることなく、女は島を徘徊した。風に煽(あお)られて雨が曲がるたびにそちらへ傘を傾けた。防ぎきれなかった雨が足元を濡らし、傷に滲(し)みた。足が痛かった。身が凍え、歩けば歩くほど、温まるどころか熱が奪われていった。それでも、女は雨の中を歩くのをやめなかった。

　気が付けば、いつもの寝床の傍まで来ていた。ずっと先、島の端まで伸びる大通りの前方から、大きな身体の人がこちらに手を振っているのが眼に入った。灰色の影が左右に揺れながらぼんやりと近づいてくる。女はほっとして、手を振り返した。彼の傘に当たって、雨は速度を変えて灰色の地面に落ちる。二人の距離が縮まってゆく。

　傘と傘が触れあう距離になって、彼が自分の傘を畳み、こちらの傘へ飛び込んでくる。男が女の手から握り(ハンドル)を取って、傘を支えた。雨が掛からないように身を寄せる。女の体によく知った温もりが伝わってくる。お互いの無事を喜びながら、いつもの軒下へと向かう。

　辺りにも開いた傘が営まれているからには、いまは夜に違いない。街灯が所々に点り、雨の姿を明々と照らし出していた。開かれたまま道端でぽつりぽつりと休んでいる傘に、雨は落ち続けていた。

　傘の下にうずくまる二人は、雨の音に包まれながら肌を重ねている。露わになった傷口と傷口が触れ合い、傘の端からはみ出た裸体に雨が掛かる。全身を貫くような痛みに顔が強張るが、二人は決して営みを止めようとはしない。本当は赤いはずの傘の下で、爛れた肌をむき出しにした男女が触れ合い、互いに抱きしめることで傷つけ合いながら痛みの底に通うかすかな交感を求めて喘いでいる。そこから私たちが生まれ、傘は明日も島を徘徊するのだろう。

国際あなた学会

いつもあなたを想っています。いつも、いつでも、あなたのことを考えています。わたしたちは、いつもあなたのことばかり考えています。

嘘です。わたしたちにも生活があります。いついかなる時でもあなたのことを考えているわけではありません。たとえば眠っている間や、隣で寝ている誰かの挙動で不意に眠りを破られて苛立つ瞬間、通勤途中に赤から青へ信号が変わった瞬間、上司から小言を言われたり、無理難題を押し付けられたとき、好物を目の前にして心躍る瞬間や友人と楽しくおしゃべりに興じているひととき、友だちと別れたあと、ふと相手から言われた何気ない一言を思い出し、心がかき乱される瞬間、あるいはくたくたになって家にたどり着き、冷たい夕食を必死に口に詰めこんでいる間——、わたしたちはあなたのことを考えていないかもしれません。それでも、あなたはわたしたちの生活の中心です。わたしたちはそう信じてやみません。わたしたちは許されるかぎりの時間をあなたに捧げています。

わたしたちは二月（ふたつき）に一度、集会を開いています。時間は夜、場所は地下室や暗室が望ましいとされています。五感をとぎすまして、あなたに集中することができるからです。もしも十分に条件が整わないときには、窓を暗幕で覆い、ドアの隙間を目張りし、できるかぎり外界の光を遠ざけます。真っ暗な部屋の中央にあなたの写真を飾り、ろうそくをともすと、ゆれる炎に照らされて、あなたはまるで生きているようにはにかみ、わたしたちを見つめ返してくれます。

あなたのどの写真が飾られるかは、集会の主催者しか知りません。今夜はどのあなたに逢えるのか。わたしたちはあなたの写真を一枚一枚思い浮かべ、それらの細部にまで想いを馳せて集会がはじまるのを心待ちにします。

二十四葉——それがあなたの生涯で、あなたを記憶し、記録している写真のすべてです。どれほど巧みに逃げまわり、隠れたなら、そんなわずかな写真にしか写り込まずに一生を終えることができるのか、現代を生きるわたしたちには想像もつきません。あなたにつながる手がかりをひとつでも増やそうと、わたしたちは思いつくかぎりの可能性をあたってあなたの写真を探してきました。あなたが所属したあらゆる学校や団体の刊行物をつぶさに調べ、あなたの親族や血縁、あなたが親しかった友人の遺族まで尋ね歩き、時の流れに取り残されたあなたの断片がわたしたちの手のうちに不時着しないものかと、必死で捜索を続けてきました。けれども、これまでに見つかっているあなたの写真はそのたった二十四葉だけなのです。

世間でもっともよく知られている写真は、遠くを見つめるあなたの横顔をとらえたものです。あなたについてくわしく知らない者でも、その写真なら目にしたことがあると口をそろえて証言するでしょう。写真のあなたは、いずれやってくるであろう未来を見据え、瞳に明るい光を宿しています。その希望に満ちたまなざしとは対照的に、あなたの表情には陰が落ち、やがて訪れる残酷な将来が予言されているようにも見えます。栄光と絶望、相克する二つの運命を映しとったあなたの写真は人気で、わたしたちがあなたについて記した本でもたびたび表紙を飾っています。

けれども、その写真ほど、わたしたちの危うさを示しているものはありません。写真は贋物なのです。写真のあなたは、窓の外を見ています。あなたはやみ間なく、しとしとと降る雨を見つめていたところを写真に撮られたのです。薄暗い雨の日の窓辺に、どうして瞳を照らす光があるでしょうか。あなたの瞳を飾っていた輝きは、オリジナルの写真を加工して入れられた光です。輝かしい未来を示そうと目にひとすじの光を垂らし、そのうえ、陰影を濃くして、薄命に終わったあなたの運命を写真に宿したのです。あなたの許可なく――すでにこの世を去ってから何十年と経つあなたに許可を取れるはずもありません――わたしたちがしでかしたことです。

あなたの魅力を広めようというほんの出来心で施した細工が、予想を超える反響を呼びました。あなたへの裏切りを恥じずに述べるなら、いまや世間であなたの話題が出れば、真っ先に思い起こされるのは、その写真のあなたの姿であり、あなたの聡明で、純粋で、あどけないような、それでいてらんらんと輝くその瞳の印象に魅かれ、あるいはあなたの表情に刻印された、あちら側へ導かれようとしている暗い宿命に心打たれ、あなたに強い想いを寄せる人が以前にまして現れました。はじめは喜びにひたっていたわたしたちも、次第にことの重大さに気がつきました。わたしたちのしでかしたことは、あなたの真実の姿を歪める行いでした。それればかりか、この一件はわたしたちがいかにあなたを見ていなかったかを暴きたてるものでもありました。

オリジナルの写真の中のあなたは、ほんとうは雨を見ていたのではなかったのです。あなたは雨を見ていたわけでも、窓をながれる水滴を見ていたわけでも、ほかのなにかを見ていたわけでもありません。あなたは耳を澄まし、雨のことばを聴いていたのです。あるいは、雨とともに地面を、庭の草花を、窓を、木々を、屋根を打ちつけ、あなたは雨となっていたのです。一瞬の雨であり、永劫に輪廻を繰り返す雨となって、世界と交わっていたのです。だからこそ、あの写真に写るあなたはぼんやりとして、あどけなさと高潔さがその瞳に同居し、どこを見つめているのかわからない表情をしていたのです。わたしたちはあなたの本質に迫る決定的な一枚を見誤り、あまつさえ改変してしまい、世間に誤ったあなたの似姿を流布させ、同時に、わたしたちの愚かしさを自ら示してしまったのです。

　深い反省の末、わたしたちはあなたの写真をみだりにあがめるのを禁じました。もちろん誓約書を交わしたわけではないので、ひょっとすると、わたしたちの誰かの家には、加工されたあなたの写真が飾られているかもしれません。あるいは、あなたの写真で埋め尽くされた部屋がどこかの家にあるかもしれません。けれども、日ごろ目に触れる場所にあなたの写真を飾ったからといって、あなたと向き合うことにはなりません。むしろ、くり返し目にするほど見慣れてしまい、わたしたちの目にはかえってあなたが見えなくなってしまうものです。あなたをもっとよく見るために、わたしたちは集会の時にだけ写真を飾り、あなたと向き合うことを固く誓いあいました。

　集会は、あなたの写真を見つめながら、あなたの作品を朗読することから始まります。そのまま二時間、わたしたちはあなたについて話し合います。どんな些細なことでもかまいません。あなたについて気が付いたことがあれば、わたしたちは臆することなく意見を述べ合い、議論を重ねます。どのわたしも、まだ誰ひとり辿りついたことがないあなたに辿りつこうと真剣です。わたしたちが伸ばした手のどれかが、きっとあなたを掴まえると信じて、――わたしたちはそのどれかになりたくて、必死にあなたの言葉をさぐり、相手の意見に耳を傾けます。すべてのわたしが、あなたの一番の理解者たらんと欲しているのです。

あなたの命日には、あなたを偲び、仮装大会がひらかれます。生まれたばかりのあなた、処女作で華々しくデビューしたあなた、空を見上げるあなた、二十代を喪失したあなた、制服を着たあなた。それぞれ思い思いのあなたに身を包んで、わたしたちはあなたの死を悼みます。二十四葉の写真からあなたの衣装を再現して、あなたに扮する者もいれば、あなたが残した言葉の断片をモチーフに衣装を用意する者もいます。あなたの好んだ色の服を身に着けたり、普段通りの服装に、あなたの言葉を刻んだブローチを着けて参加することで、あなたの精神を体現しようとする者もいます。いちばん人気があるのは、子どもの頃の、舞踏家時代のあなたです。あなたの魂と体が分離してしまう前、まだ体が心に苦痛を与えてしまう前、あなたが踊り子の恰好をしている写真が遺されています。発表会の前後に撮られたあなたの姿は、両親の愛情をその身にまとい、いまにも音となって軽やかにどこかへ消えていってしまいそうに見えます。わたしたちは、できるかぎりあなたらしく見えるよう、衣装に工夫を凝らし、写真では確認できない部分までほころびがないよう細心の注意を払い、あなたの人懐っこい笑顔を真似して集会へと足を運びます。

ろうそくに照らされたあなたの写真を囲む、たくさんのあなたに囲まれ、わたしたちは普段の集会同様に、あなたの言葉を朗読します。朗読には二通りの方法があります。ひとつめは、誰かがあなたの言葉を読みあげ、わたしたちが耳を澄まして聴く、ごくごく一般的なやり方です。わたしたちは闇に投げ出された言葉をたぐり寄せ、音の響きに想いを寄せます。心の中に巣くっていた言葉が、弾かれたように目の前に浮かび、思いもよらない色をおびて胸に迫ってきます。

別のやり方は、もっと大がかりで、どちらかといえば小さな集会には不向きな方法です。会合の参加者が各々お気に入りのあなたの言葉を持ち寄り、声を張りあげ、一斉にあなたの言葉を暗唱するのです。わたしたちみんなで一斉に読みあげると、闇につつまれた会場がわななき、あなたで満たされた空気がうち震え、会場がまるでひとつの生きものであるかのように顫動するのです。わたしたちは言葉の意味を無視して、あなたの存在を感じることができます。数多の声が反響する空間に、あなたを強くつよく感じます。全身をあなたに包まれ、きつく抱擁されたような昂揚感がわたしたちの胸にあふれてきます。口からあなたの言葉を目一杯に唱え、耳と全身を使ってあなたを感じる。わたしたちにとって、日常を忘れ、あなたに浸れる至福のひと時といえます。

朗読はおおむね、この二通りの方法で行われるか、あるいは、二つの朗読方法を組み合わせて行われます。全体で朗読を終えたあとの静寂——あなたの破片がまだそこここに跳梁している青い空間に、一筋の、りんとした声があなたのひとつらなりの言葉を照らしあげるのは、まるで言葉が天から舞いおりてくるようです。わたしたちは、この世を震わせるあなたの言葉に全神経を払い、虚空を仰ぎます。あるいは、反対に誰かの朗読に耳を澄ましたあとに、みんなで一斉に朗読を行うと、不思議なことに、それぞれ明朗に聴きとれるはずもない言葉と言葉の間に、秘密の抜け道ができるのか、さきに単独の朗読で読み上げられたあなたの言葉が、あちらこちらで星のまたたきのように光り弾けて聴こえ、まるで踊り子だったころのあなたが無邪気に跳ねまわっているように感じられるのです。

生前、あなたが発表した作品はわずか三冊です。たった三冊に収まるだけの作品しか、あなたは遺しませんでした。あなたが作品を公にする前、あなたはのちに書くより膨大な量の作品を書いていたと言われています。その事実は、家族や友人の証言から疑いがないのですが、あなたはある日、そのすべてを燃やしてしまいました。あなたがそう決めたのだから、わたしたちはきっとあなたの判断は正しかったのだろうと思っています。いまわたしたちが読むことのできるあなたの作品は、ひとつの瑕疵もない名作ばかりです。作品を形づくる一語一語、いいえ一音一音に霊気が宿り、完美な世界を構築しています。

一方で、灰になった作品を狂おしく求めてしまうのも、わたしたちの性です。どこかに未発表のあなたの作品が生き延びていないか、わたしたちはあなたの決断を無視して、ついつい探してしまいます。わたしたちはあなたの全集も編みました。あなたが公にした作品はもちろんのこと、あなたの卒業文集や学級新聞のインタビューでの答弁、あなたの夏休みの自由研究（廊下に展示されていたものが、学校の広報写真にたまたま写りこんでいたのを拡大し、引き写したもの）、教科書やノートの落書き、学術参考書の回答（正答付き）、手紙や年賀状、バースデーカード、電子メールといった私信までわたしたちは蒐集し、全集に収めました。それだけでは事足りず、わたしたちはあなたにまつわるありとあらゆることを調べ上げ、事典も作りました。あなたの生まれた時間や病院、そのときの体重、退院までに要した日数、家族構成、両親や先祖の来歴、あなたの学業の成績や通信欄に記された担任からのコメント、あなたの担任の来歴と教育理念、あなたの通った学校の校訓と当時の校長の教育方針、あなたのクラスメイトと彼らの人生のその後、あなたの家の間取り、通学路や家の近所の当時の地図、習い事とあなたの習熟ぐあい、あなたが友人から受け取った手紙や贈り物、あなたの好物と苦手なもの、あなたが読んだ本のリスト……わたしたちはあなたのことをもっとふかく知りたくて、あなたの友人が留学先で暮らしていた下宿先を訪ね、彼が日課で歩いていた散歩道を同じように歩いてみたりもしました。当時、すでに床に伏していたあなたがその地を訪れることはついぞありませんでしたが、異国から気持ちの昂った手紙を送ってよこす友人にあなたが心動かされなかったはずはありません。わたしたちはあなたの友人のことを正確に知り、その上で、あなたのことを理解したいのです。

わたしたちの中には、いまでは別の家屋が建つ、あなたの生家の跡地に赴き、庭を掘り返してみた者もいます。現在の所有者の許可を得るため、何度も頭を下げ、丁重にお願いしたところ、庭の中で金属探知機に反応があった場合のみ、という条件のもとで調査は行われました。わたしたちは、床下であろうが家の基礎であろうが、すべての場所をどこまでも深く掘りかえしてあなたの痕跡を調べたかったのですが、仕方ありません。不完全な発掘といえど、わたしたちは調査の結果を楽しみにしていました。あなたやあなたの家族が廃棄したものだけでなく、もしかすると家族の誰かが埋めたタイムカプセルが残されているかもしれませんし、あなたが埋めてそのまま忘れてしまった子供時代の宝物が埋まっているかもしれないと期待したのです。けれど、見つかったのは錆びたくぎや小銭、つぶれた空き缶などのがらくたで、一応考えられるすべての可能性を――くぎの製造時期や小銭の発行年度、空き缶の発売期間まで調べてあらゆる可能性を検討しましたが、あなたとの結びつきは見出せませんでした。

　あなたを追い求めるあまり、わたしたちは正道を見失っているのかもしれません。わたしたちの知っているあなたが、ほんのささいなきっかけで、異なる表情となり、こちらに迫ってくる。ほんの小さなピースで、決定的に別の顔となり、わたしがその発見者、所有者となる。そんな体験を、わたしたちは知らず知らず望んでいるのかもしれません。

　集会では、わたしたち自身による調査報告や話し合いだけでなく、各方面の専門家を招き、最新の研究の見地から、あなたをどう再評価すべきか教えていただくこともあります。なかには、つらい事情が明らかになる場合もあります。とりわけ、あなたの主治医のひとりが、あなたの死の直前の病状について語った時、わたしたちは小さくない衝撃を受けました。医者が患者の診察内容を外部にもらすのはもちろん禁止(タブー)です。それでも、その医師はわたしたちの強い熱意にほだされ、当初予定されていた病気の一般的な説明から逸脱し、彼がおかれていた状態についてくわしく説明をしてくれました。それはわたしたちが想像していたよりずっと深刻で、どうしようもなく残酷な症状でした。わたしたちに、あなたの肩代わりができたらどれほど良かったでしょう。一日でもいいから、あなたの痛みを代わりに引き受けて、あなたを楽にしてあげられたらと思わずにはいられませんでした。けれど、あなたになりかわったとして、あなたと同じように、病に心を歪められることなく、健全な魂を保ったまま言葉に向き合うことができるでしょうか……わたしたちの誰ひとりとしてその自信はありません。健全な魂に、不完全な器。あなたにとって、そしてわたしたちにとって、最大の不幸はそこにありました。あなたの身体は現世を生きるのにまったく適していませんでした。ある日、堰(せき)を切ったようにこの世のあらゆる刺激が痛みとなってあなたの体に襲いかかりました。よほど調子がよい時でないと、あなたは病床から起き上がることもできなくなってしまったのです。カメラのシャッター音ですら、あなたにとっては凶器でした(あなたの写真が極端に少ないのはそのせいでもあります)。それでも、あなたは笑っていたと言います。苦痛にさいなまれていない時には、あなたは空想の中で優しいものを見つけ、微笑みをこぼしていたそうです。あるいはあなたに寄りそった家族の優しさが、あなたの優しい側面をできるかぎりすくいとろうとして、そうなったのかもしれません。

しかし、あなたが周囲に告白した病状と医師の診断には多くの齟齬があります。わたしたちの中には、例の、不道徳な医師が証言した病状は、あなたのものではなく、別人をあなたと勘違いして話していたのではないかと疑う人もいるほどです。彼の手許には診断カルテがあったわけでもなく、何十年も昔の、彼にとってこれといった印象もなかったはずの患者についての証言に、どれほど信頼が置けるのか、確かに疑わしい点もあります。わたしたちはあなたに近づきたい。けれども、あなたを見誤らないよう、充分に用心深くあらねばなりません。

あなたの死因は謎に包まれています。あなたの遺族が公表したのは、亡くなった日付だけでした。彼らはくり返し、あなたの死について永眠とだけ表現し、死因については一切ふれていません。ですので、あなたが病死であったのか、あるいはあなた自らこの世と訣別する道を選んだのか、わたしたちにはそれすら定かではありません。晩年——短い生涯だったあなたに対して、そのような言葉はふさわしくないかもしれませんが——、外出することもほとんどなく、あなたの肉体が弱りきっていたことを考えれば、ある日突然、あなたの肉体が生への執着を放擲し、あなたを永遠に彼方へと連れ去ってしまったとも思えます。あるいは、あなたが現世での苦痛に耐えきれなくなり、この世から去ることを自らの意思で選びとったとしても何ひとつ不思議ではありません。

わたしたちのなかには、あなたの死の謎を暴きたてようと躍起になる輩もいます。わたしたち生者にとって、ただでさえ死は永遠の問いです。あなたが最後に何を思ったのか、興味を駆りたてられないといえば嘘になります。けれど、一方で、あなたの言葉の多くは、死とは無縁の瞬間に紡がれたものでもあります。あなたの死にあまりにこだわりすぎてしまうと、あなた本来の魅力を見失いかねません。たった一時の、たとえそれが取りかえしのつかない類のものであれ、一瞬の決断がすべてのあなたの過去を価値づけてしまうとしたら、それは死によってあなたの過去が歪められてしまうということです。死の瞬間のあなたは、あなたの大切な一部であり、ほんの一部にすぎません。わたしたちはひどく簡単な物語を求めてしまいがちです。しかし、わたしたちは慎重であらねばなりません。あなたのすべてを余すことなく知るためには、どんなに魅力的に見えても、目先の物語に飛びついてはならないのです。いずれにせよ、当時の新聞にはあなたの死を報じた記事は一行たりとも見つけることができません。そのことを考えあわせると、あなたが自訣を選んだとしても、世間を騒がせないような手段で、ひっそりと息を引きとったのだと思われます。

あなたをめぐるここ最近のもっとも大きな話題は、国際あなた学会の発足です。いまやあなたの作品は各国の言語に翻訳され、世界中に広がっています。あなたの魅力が国を超えて伝わったのです。集会も各地で開かれ、わたしたちと同じように、あなたに想いを馳せる人が異国にも大勢います。

国際学会が発足したそもそものきっかけも集会でした。わたしたちのひとりが、異国の小さな集会に招かれたのがはじまりです。その集会は、身内だけのごく小規模なもので、部屋の照明も消さずに明るいまま、あの例の、あなたの加工写真を囲んで行われた不完全なものでしたが、参加者は、本国のわたしたちと変わらない、勝るとも劣らない情熱であなたについて議論を交わしていました。翻訳があるとはいえ、あなたの言葉がすべて訳されているわけではなく、またあなたに関する知識もずいぶん古く、断片的だったにもかかわらず、あなたについて熱心に話すそぶりは、それらを補って余りあるほどでした。そのさまに胸を打たれて帰国したわたしは、国内のわたしたちに呼びかけ、国際集会の意義と可能性を訴えたのです。

わたしたちはすぐさま賛同しました。あなたの作品が外国でどう受け止められているのか、言葉の壁を隔てても失われないあなたの魅力とはなにか、あなたと異国のつながりについてなど、話し合いたいことが山とありました。国際集会への参加を表明する声も世界各国から届きました。そうなると、いつもの二時間ほどの集会では当然時間が足りず、国際集会は三日にまたがって開催されることになりました。最終日には各国のわたしが、憧れのあなたに扮して登場し、それぞれの言語であなたの作品を朗読しました。聞き慣れたあなたの言葉が、まったく異なる声をまとって次から次にわたしたちのもとに届き、わたしたちはあなたが世界中に広がったことを実感しました。

国際集会は大きな混乱もなく、成功のうちに終わり、早くも閉会を惜しむ声が各所から聞こえてきました。元々は一度かぎりの企画でしたが、ぜひ我が国でも開催してほしいという要望が続々と寄せられました。そこで、改めて国際学会が組織され、定期的に世界各地で会が開かれる運びとなったのです。

各地で開かれる学会では、ことさらあなたの国際性が論じられ、国際的な魅力を持つあなたがいかに特別であるかが強調されます。なにより、あなたがもたらした、国を超えたわたしたちの交流こそ、学会を象徴するものであると賞賛されます。

けれど、醜いです。国際も、学会も必要ありません。あなただけで充分ではありませんか。あなたは、あなたであるだけで特別です。あなたを権威だてる、そのほかの飾りなんて何ひとつ要りません。わたしたちが本当に必要としているのはあなただけです。あなたさえいればいいのです。

集会に、あなたの孫が来てくれたことは忘れられません。いえ、あなたに直接の子孫や配偶者はいませんでしたので、正確にはあなたの兄の孫にあたる人物です。けれど、あなたとあなたのお兄さんは、容姿がとてもよく似ていました。わたしたちは幾度あなただと思った写真があなたの兄のものであるとわかり、煮え湯を飲まされたことでしょう。でも、その分、彼の孫が現れたとき、わたしたちは時を超えてあなたが現れたような錯覚に陥りました。あなたの面影が彼女の顔にはたしかにありました。暗闇にともった灯りのそばに、あなたの孫が立つと、まるであなたが闇の中にたたずんでいるようでした。細面に浮かんだ、はにかむような微笑みは、わたしたちがずっと待ち望んでいたものでした。わたしたちの目には自然と涙が込み上げてきました。彼女は、喉をふるわせ、わたしたちにあいさつし、彼女にとっては大叔父にあたるあなたについて知っていることを話してくれました。といっても、彼女はあなたに直接会ったことはなく（なにせあなたの兄が結婚したのは、あなたが亡くなってからずっと後のことでしたから）、祖父や曾祖父、曾祖母から語り聞いたことをぽつぽつと話すだけで、わたしたちにとって新しい事実は何ひとつありませんでした。しかし、彼女の声のほっそりとしたやわらかな響きや、わたしたちに向けて言葉を発するときのたたずまいは、まぎれもなく写真で見知ったあなたそのものでした。わたしたちはあなたの顔を声をたしかに感じたのです。わたしたちがいかに深い感銘を受けたかは、彼女が出番を終えて別室へ引き払ったあと、わたしたちがじっと沈黙を守ったまま、わたしたちの周囲を震わせたあなたの余韻にいつまでも浸っていたことからもあきらかでしょう。それは、わたしたちがあなたをもっとも身近に感じた一日でした。

これから先も、わたしたちはずっとあなたを探し求めるでしょう。けれど、最近、わたしたちをひどく落胆させるできごとがありました。わたしたちの会長が亡くなったのです。会長はあなた研究の第一人者であり、わたしたちのなかでももっとも熱心にあなたを追い求め、あなたの作品と生涯に敬意を払った人物でした。まちがいなくあなたの最大の理解者の一人だったと思います。あなたの存在を世間に広めるのに努力を惜しまず、集会の発足人のひとりでもありました。あなたについて熱心に語り、あなたについての多くの著作を発表しました。もし彼がいなければ、わたしたちの誰かは、あなたに出逢えずに生涯を終えていたかもしれません。

わたしたちはこの上なく丁重に彼を葬りました。あなたの装いをさせ、あなたが夜空を仰いでいたのと同じポーズで彼の亡骸を棺に納めました。そして、あなたのすべての作品をすみずみまで読みあげてから、ようやく柩を運びださせました。わたしたちはできるかぎりのあなたで、彼の柩を満たしたかったのです。あなたの二十四葉の写真のうちの一枚を、彼の柩に収めるかどうかで議論まで起きました。けれど、彼がそれを望まないことをわたしたちはわかっていました。あなたが現世にいた痕跡がひとつでも失われることなど、彼が望むはずもありません。

葬儀のあと、わたしたちは残された資料を整理するため、会長の部屋を訪れました。生涯独身だった会長の部屋は、彼が倒れたときのまま、雑然と散らかっていました。あなたに関する著作や資料が所かまわず堆く積まれ、机の上には書きかけの原稿が散らばっていました。会長にとってあなたがどれほど大きい存在であったか、わたしたちは改めて思い知らされました。と同時に、彼の部屋のおびただしい著作は、わたしたちがあなたを追い求めてきた証でもありました。わたしたちのひとりひとりが、会長と同じようにあなたをつよく想っています。わたしたちは、許されるかぎりの時間をあなたに捧げ、あなたを探しつづけてきました。

それなのに、——いつもいつもあなたのことを考え、部屋の中にはあなたの言葉やあなたについて記した言葉が満ちあふれていて、いまにもなだれてきそうだというのに……。その部屋に残されたあなたに関する膨大な著作が、あなたがいなくなってからの時の堆積をありありと明かしていました。

初出一覧

雨とカラス「文学ムック たべるのがおそい」vol.5（書肆侃侃房）
氷の像「すばる」２０１２年12月号（集英社）
雨の中、傘の下「早稲田文学」２０１４年秋号（早稲田文学会）
国際あなた学会　書き下ろし

主要参考文献

「雨とカラス」

・会田雄次「事実と幻想 続・日本人の意識構造」(『会田雄次著作集 第二巻』、講談社、1979)
・会田雄次『アーロン収容所』(中央公論社、1962)
・横井庄一『横井庄一のサバイバル極意書/もっと困れ!』(小学館、1984)
・小野田寛郎『たった一人の30年戦争』(東京新聞出版局、1985)
・小野田寛郎『わが回想のルバング島』(朝日新聞社、1995)

「氷の像」

・齋藤玲子・岸上伸啓・大村敬一編『極北と森林の記憶—イヌイットと北西海岸インディアンの版画』(昭和堂、2010)
・ロバート・マッギー『ツンドラの考古学—カナダ・エスキモーの古代文化—』(スチュアート・ヘンリ訳、雄山閣出版、1982)

「国際あなた学会」

・菊池弘編『芥川龍之介事典』(明治書院、1985)
・関口安義・庄司達也編『芥川龍之介全作品事典』(勉誠出版、2000)
・菊池弘・久保田芳太郎・関口安義編『芥川龍之介事典 増訂版』(明治書院、2001)
・志村有弘編『芥川龍之介大事典』(勉誠出版、2002)
・関口安義編『芥川龍之介新辞典』(翰林書房、2003)
・国際芥川龍之介学会 HP (http://akutagawagakkai.web.fc2.com/)
・日本ルイス・キャロル協会 HP (http://lcsj.sakura.ne.jp/)
・『MISCHMASCH』(日本ルイス協会、創刊号-第20号、1996-2018)
・笹井宏之 HP『些細』(http://sasai.blog27.fc2.com/)
・『ねむらない樹』(書肆侃侃房、vol.1-2、2018-2019)
・『ROCKIN'ON JAPAN』(ロッキングオン、vol.508、2019)

装画　重藤裕子
装幀　宮島亜紀

澤西祐典（さわにし・ゆうてん）

2011年、「フラミンゴの村」にて第35回すばる文学賞受賞（集英社より書籍化）。その他の著書に『別府フロマラソン』『文字の消息』（いずれも書肆侃侃房）、共著『ペンギン・ブックスが選んだ日本の名短編29』（ジェイ・ルービン編、村上春樹序文、新潮社）、共編訳書『芥川龍之介選 英米怪異・幻想譚』（柴田元幸との共編訳、岩波書店）などがある。京都在住。

雨とカラス

2019年9月29日第1刷発行

著　者　澤西祐典
発行者　田島安江
発行所　株式会社 書肆侃侃房（しょしかんかんぼう）
〒810-0041 福岡市中央区大名2-8-18-501
TEL 092-735-2802　FAX 092-735-2792
http://www.kankanbou.com
info@kankanbou.com

ＤＴＰ　黒木留実（書肆侃侃房）
印刷・製本　シナノ書籍印刷株式会社

ISBN978-4-86385-376-8　C0093

四六判、上製、168ページ　定価：本体1,400円＋税
ISBN978-4-86385-319-5
装幀・装画　宮島亜紀

『文字の消息』澤西祐典

小さな亀裂が徐々に広がり、日常世界を崩壊させるという
幻想文学の要諦がここには見事に具現されている。

——木村榮一（スペイン語圏文学翻訳家）

どこからともなく降り積もる“文字”が日常を脅かしてゆく。家が、街が、やがて文字に埋もれ……表題作「文字の消息」。全身が少しずつ砂糖へと変わる病に侵された母と、その母を看取る娘の物語「砂糖で満ちてゆく」。入り江に静かにたたずみ、災いをもたらすとされる巨大な船に翻弄される町を描いた「災厄の船」。静かに寄せてくる波のように、私たちの日常を侵食していく３編の物語。